小学生 "读·品·悟"
小学生成长必读系列（第二辑）

学会调适自我情绪的 100个故事

总 主 编◎高长梅

本册主编◎严 红

九 州 出 版 社 全国百佳图书出版单位
JIUZHOUPRESS

图书在版编目（CIP）数据

小学生学会调适自我情绪的 100 个故事/严红主编.–北京：九州出版社，2008.11(2021.7 重印)

（"读·品·悟"小学生成长必读系列. 第 2 辑）

ISBN 978-7-80195-935-5

Ⅰ. 小… Ⅱ. 严… Ⅲ. 故事—作品集—世界 Ⅳ. I14

中国版本图书馆 CIP 数据核字(2008) 第 187609 号

小学生学会调适自我情绪的 100 个故事

作　　者	高长梅 总主编 严　红 本册主编	
出版发行	九州出版社	
地　　址	北京市西城区阜外大街甲 35 号（100037）	
发行电话	(010)68992190/2/3/5/6	
网　　址	www.jiuzhoupress.com	
电子信箱	jiuzhou@jiuzhoupress.com	
印　　刷	北京一鑫印务有限责任公司	
开　　本	720 毫米 × 980 毫米　16 开	
印　　张	10	
字　　数	112 千字	
版　　次	2009 年 1 月第 1 版	
印　　次	2021 年 7 月第 3 次印刷	
书　　号	ISBN 978-7-80195-935-5	
定　　价	29.80 元	

目录

你每天都有两种选择

第**1**辑

他是一个乐天派,每天总是选择好心情。一天,他被歹徒的子弹击中。被送到医院时,医生和护士们的表情好像在说他已经没救了。他告诉自己一定要选择活下去。于是他对医生说:"请您一定要把我当做活生生的人来救治啊!"没错,他活了下来。

积极良好的情绪,会带给我们力量和勇气。让我们告诉自己吧:我每天都有两种选择——好心情和坏心情,无论如何,我都要选择好心情!即便有不好的事情发生,我也可以选择从中学习,选择积极乐观地面对。不要忘了,你每天都有两种选择。

每天你都有两种选择 >>002

活着就像在舞蹈 >>005

你的心在哪里,你的世界就在哪里 >>007

没人可以偷走你的梦想 >>011

南瓜究竟能承受多大压力 >>013

成功先生与失败先生 >>014

照镜子 >>016　　人生的"雀斑">>018

讨好自己 >>020　　不到一天大 >>021

学会忍受 >>023

第 **2** 辑 我是情绪的小主人

二战时期,犹太小姑娘安妮和家人被侵略者逼得无路可逃,只能躲在阴暗的地下室。他们在地下室一待就是两年,见不到阳光,不敢高声说话,做什么事都小心翼翼。但就在这样的环境下,她依然努力让自己露出笑容,每天坚持写日记。她的日记和事迹感动了全世界无数的人。

我们是自己情绪的小主人。无论发生什么事,只要我们保持阳光般的心态,多想那些令人愉快的事,忘掉生活中的烦恼,不轻易悲观失望,我们就会发现,原来每一天都是那么美好!

心境的魔力 >>026　　笑匠的哭泣 >>028
一分钱的布 >>030　　只朝一个方向 >>032
富翁与修女 >>033　　喜马拉雅山的猴子 >>034
守护一脸笑容 >>036　　压力的馈赠 >>038
先把泥点晾干 >>040

第 **3** 辑 让写满字的白纸开出花来

一张纸上被写满了字,老师让学生在上面画一幅画。学生们你看看我,我看看你,心想:这张纸已经被涂满,没有空地儿了,怎么画呢?老师没有说话,取下纸,埋头画起来。不久,学生们看见那张白纸开出了鲜艳的花朵。原来,老师是把那张纸翻过来,用另一面画的。

很多情况下,我们小小的脑袋里塞满了烦恼和失望,是因为我们只看到了不好的一面。换个角度,我们就可以看到藏在困难后面的机会,拥有更加广阔的心灵天地,在困境中找出希望，让我们的白纸也绽放出灿烂的花。

没有伞，就跑 >>044　　转念之间 >>046

移不走石头就远离它 >>047

让写满字的白纸开出花来 >>049

小出租成了大"航母" >>050

打不过就跑 >>055　　堵车的启示 >>057

苹果被冰雹砸伤之后 >>059　　罗纳尔多的龅牙 >>061

要想到自己的翅膀 >>062

失败者也能成为偶像 >>064

在困境中找出希望 >>067　　你努力了吗 >>068

第**4**辑

快乐是最好的药

据一个民意测验显示，欧洲某个岛国的人是世界上最快乐的人，82%的国民表示满意自己的生活。你知道吗？其实那里的自然条件很恶劣，白天的时间也远远少于黑夜。那么他们为何还那么快乐呢？原来，他们并没有抱怨自然环境，而是打开心胸，以乐观、快乐的态度对待生活中的问题。

一个聪明的人，他会用100%的心去寻找快乐。快乐是最好的药，而且没有副作用。让我们拥有一颗快乐的心吧。

快乐是最好的药 >>072　　降低快乐的标准 >>074

什么都快乐 >>076　　快乐是由什么决定的 >>079

鲍威尔的快乐 >>081　　快乐即成功 >>082

羚羊的快乐 >>084　　在希望中快乐 >>086

用牙咬断了 17 株树 >>087　　快乐的木匠 >>089

第5辑

不要忘了拉自己一把

一个同学来自贫穷的农村。有人给他起了个绰号，叫"卡西莫多"，形容他长得丑。他感觉受到了捉弄，变得很自卑，整天孤零零的一个人。后来，他收到了一封匿名的贺卡，上面说："你其实是个善良、勤奋的好同学，有很多优点。"同学们看到了这封信，认识到不该那样对待他。其实，寄贺卡的人就是他自己！

有时候，由于缺乏自信，我们可能会被别人忽略甚至误解，没有朋友，变得非常自卑。这时，千万不要忘了拉自己一把。记住这句话吧：我虽然小，但也是自己的上帝！

我很重要 >>094　　最优秀的人是你自己 >>097

自信的人更容易成功 >>099　　老狗斗老虎 >>102

拉自己一把 >>103　　先有自信才有奇迹 >>105

自信是一朵花 >>107　　做一只自信的小老鼠 >>109

我就是一块银矿石 >>111　　不要被自己击倒 >>114

最大的魔鬼是自己 >>116

别为你是鹰而羞愧 >>118　　弱者的等待 >>120

总会有人对你微笑 >>122

麦当劳总裁的心理锦囊 >>125　　我丑，我重塑 >>127

第6辑

为心灵洗个澡

一天，一个将军来到林肯总统那里，气呼呼地说一位少将侮辱他。林肯建议他写一封尖刻的信回敬对方。但是当他准备把措辞激烈的信装进信封时，林肯却制止了他。

林肯说："凡是生气时写的信,我都扔进火炉烧掉,因为那是不理智时的结果。而且写那封信时,已经解了气,达到了目的。"

　　我们是不是有时候也会因为各种情况而生气、发火呢? 人总是难免有这些负面情绪的,大人们也不例外。问题是我们要学会以正确的方式去发泄,用清水为心灵洗个澡,如此,我们才能让心灵常常保持健康明亮。

别致的宣泄 >>132　　　宣泄自己的情绪 >>134

错误的恐慌 >>135　　　疼痛是个好消息 >>136

林肯的"马蝇术">>138　　　名人制怒术 >>139

与疾病较量 >>141　　　发火的习惯 >>143

发怒是一种内心的脆弱 >>144

擦去心灵的灰尘 >>146　　　不带着怒气作战 >>147

遇到不公，每个人都会产生怨恨。泄恨的方法很多，能够让怨恨转个弯，成为一种提升自己、超越他人的动力，无疑是怨恨的最佳归宿。

第 1 辑

你每天都有两种选择

他是一个乐天派,每天总是选择好心情。

一天,他被歹徒的子弹击中。

被送到医院时,医生和护士们的表情好像在说他已经没救了。

他告诉自己一定要选择活下去。于是他对医生说:

"请您一定要把我当做活生生的人来救治啊!"

没错,他活了下来。

积极良好的情绪,会带给我们力量和勇气。

让我们告诉自己吧:

我每天都有两种选择——好心情和坏心情,

无论如何,我都要选择好心情!

即便有不好的事情发生,

我也可以选择从中学习,选择积极乐观地面对。

不要忘了,你每天都有两种选择。

每天你都有两种选择

每天早上起来我都告诉自己,我今天有两种选择,我可以选择好心情,也可以选择坏心情,我总是选择好心情。

"每天你都有两种选择,是选择好心情还是选择坏心情?"这是今天我打开信箱看到的第一封 E-mail,它来自上海,是一个从未谋面、叫根号叁的朋友发来的。

长久以来,我一直收到他的信件,信里面是一些智力测试、幽默故事、动画等,而"主页"上面除了那个熟悉的名字,就是"我快乐,所以你也要快乐"的字样。这些让我在夏天感觉到一阵清凉,在冬天感到一种温暖。

感激之余,我没忘了按照"他"的意图把这个小故事传达给更多的人,只可惜无法将美丽的画面一起送上。希望你至少在看到它的时候选择了好心情。

Jerry 是美国一家餐厅的经理,他总是有一份好心情。当别人问他最近过得如何时,他总是说:"如果我再过得好一些,我就比双胞胎还幸运了。"当他换工作的时候,许多服务生都跟着他从这家餐厅到另一家。为什么呢?因为 Jerry 是个天生的激励者。如果有某位员工今天运气不好,Jerry 总会适时地鼓励他,告诉他往好的方面想。

有一天我到 Jerry 那儿问他："没有人能够永远那样积极乐观,你是怎样办到的?"

Jerry 回答:"每天早上起来我都告诉自己,我今天有两种选择,我可以选择好心情,也可以选择坏心情,我总是选择好心情。即便有不好的事情发生,你可以选择做一个受害者,或者选择从中学习,我总是选择从中学习。每当有人跑来跟我抱怨,我可以选择接受抱怨,也可以选择指出生命的光明面,我总是选择生命的光明面。"

"但并不是每件事情都那么容易啊!"

Jerry 说:"的确如此,生命就是一连串的选择,每件事情都是一次选择,你选择如何回应,你选择人们如何影响你的心情,你选择处于好心情或是坏心情,你选择如何过你的生活,等等。"

数年后的一天,我听到 Jerry 身上发生了一件我绝对想不到的事。有一天,他忘记关上餐厅的后门,结果早上,3 个武装歹徒闯入抢劫。Jerry 去开保险箱,但由于紧张过度,弄错了一个号码,劫匪向 Jerry 开了枪。

幸运的是,Jerry 很快被邻居发现并送往医院。经过 18 个小时的外科手术以及日后的悉心调养,Jerry 终于出院了,但还有一颗子弹留在他身上……

事发 6 个月后,我遇到了 Jerry。我问他最近怎样,他回答:"如果我再过得好一些,我就比双胞胎还幸运了。要看看我的伤痕吗?"我婉拒了。但我问他当抢匪闯入的时候,他在想什么。Jerry 回答道:"我第一件想到的事情是我应该锁上后门。当他们击中我之后,我躺在地板上,还记得我有两个选择。我可以选择生,或选择死,我选择了活下去。"

"你不害怕吗?"

Jerry继续说:"医护人员真了不起,他们一直告诉我没事、放心。但在他们将我推入紧急手术室的路上,我看到医生跟护士的眼睛好像写着——他已经是个死人了。我知道我需要采取行动。"

当时一个护士问我:"你是否会对什么过敏?"我深深吸了口气说:"子弹!"

听他们笑完之后,我告诉他们,我现在选择活下去。请把我当做一个活生生的人开刀,而不是一个活死人。

Jerry能活下来当然要归功于医生的精湛医术,但同时也由于他令人惊奇的乐观态度。他让我懂得了:

每天我们都可以选择享受自己的生命,或是憎恨它。这是唯一一件真正属于我们的权利,没有人能够控制或夺去的东西就是——我们的态度。

✿ 胡 杨

情绪小语

每天我们都面临选择,就像上学选择要走的路,不一样的路就会遇见不同的人。有的路上,我们会遇见一些笑脸;有的路上,我们则可能看到忧伤的眸子。不管遇见什么,幸运也好,不幸也罢,都让我们乐观面对,给自己也给他人一个笑脸吧。 (周晓林)

活着就像在舞蹈

活着就像在舞蹈——在人生的舞台上，需要的就是这股子执著和韧劲儿！

女孩很小的时候，父亲就抛弃了她和母亲。坚强刚毅的母亲立志要将女儿培养成出类拔萃的人才，于是将女儿送进了一所舞蹈学校。高昂的学费并未吓倒母亲，她四处打工挣钱，7岁的女孩看见母亲整日忙碌和疲惫的身影，就会忍不住流泪。

一天，女孩对舞蹈老师说："我想退学。" 老师问："为什么？"女孩回答："我实在不想让母亲这样为我操劳。"老师问："如果你退学，你觉得母亲会开心吗？"女孩回答："至少我可以让母亲过得轻松点儿。"老师又问："你知道母亲最大的心愿是什么吗？"女孩回答："当然知道，母亲希望我成为舞蹈家。"老师说："记住，只有实现了愿望的人才能变得轻松和开心；因此，你必须好好学习，了却母亲的心愿。"

女孩小小年纪就上了人生第一课，她从母亲的行动和老师的言语中受到了莫大的鼓舞。她训练比别的孩子勤奋，吃的苦比别的孩子多；但她流的泪和抱怨的话却比别的孩子都少。几年后，她成了最出色的学员，并开始登台表演。老师为她高兴，母亲为她自豪。

可命运总是在捉弄人，当女孩出落成亭亭玉立的少女，满怀信心准备迎接美好未来之时，身体却出了毛病：骨形不正，腰椎突出。这对舞蹈演员来说是致命一击。是退缩还是坚持？女孩选择了后者。她忍受疼痛和折磨，在身上装了一个"校正仪"，继续着她的舞蹈。她的努力和刚强没有白白付出，国家舞蹈团招了她，而且她很快成了领舞。此后她的足迹遍布世界各地，她优美的舞姿倾倒了无数观众。

她就是西班牙国家舞蹈团的常青树，享誉世界的弗拉门戈舞皇后阿伊达·戈麦斯。前不久来中国巡演时，记者问她："面对贫穷和不幸，面对病痛与磨难，你是如何理解人生的？"已在舞台上舞蹈了四十余年的阿伊达笑容依旧美丽迷人，她说了这样一番话："在我眼里，除了战争和死亡，别的都不能叫不幸；活着就像在舞蹈，一个有梦并愿为此付出一生的人没有什么东西能阻挡住她；我会永远地跳下去，直到跳不动那天为止。"

一个有梦想有追求的人，任何艰难困苦都挡不住他前进的步伐。活着就像在舞蹈——在人生的舞台上，需要的就是这股子执著和韧劲儿！

❋ 绘 丹

🌸 情绪小语 🌸

当我们在追求梦想的时候，总有很多东西试图阻碍我们前进，因为世界上没有什么梦想的实现是一帆风顺的。因此，任何困难甚至苦难都是我们必须承受，必须克服的。活着就像跳舞，不要被苦难打乱舞步，凭借自己那股执著和韧劲儿，力争让自己在学习、生活中保持优雅的舞姿。

（周晓林）

你的心在哪里，你的世界就在哪里

"昆虫学家的心在虫子那里，所以他听得见蟋蟀的鸣叫；商人的心在钱那里，所以，他听得见硬币的响声。"

两个中国人看世界杯足球赛，一位在英国留过学，一位在法国留过学，他们支持的球队几乎可以肯定是按这样的顺序排列：中国、英国；中国、法国。因为他们的心也曾与英国或法国相连，所以他们不自觉地转移或至少部分地转移了自己的故乡。

其实，理解这点并不难，就像如果你正在观赏一朵花，那朵花就是你的世界主题；如果你正阅读一本书，那么你的世界主题就是那本书。

几年前，我辞掉公职开始着手自己开店做茶叶生意的时候，特意去拜访了一位远亲，请他传授一些茶叶生意之道。这位经营茶叶生意几十年的睿智老人，沉思了良久却给我讲了一个故事。

有一位昆虫学家和他的商人朋友一起在公园里散步、聊天。忽然，他停住了脚步，好像听到了什么。

"怎么啦？"他的商人朋友问他。

昆虫学家惊喜地叫了起来："听到了吗？有一只蟋蟀在鸣叫，而且绝对是一只上品的大蟋蟀。"

商人朋友很费劲地侧着耳朵听了好久,无可奈何地回答:"我什么也没听到!"

"你等着。"昆虫学家一边说,一边向附近的树林跑了过去。

不久,他便捉到了一只大个头的蟋蟀,告诉他的朋友:"看见没有?一只白牙紫金大翅蟋蟀,这可是一只大将级的蟋蟀哟!怎么样,我没有听错吧?"

"是的,你没有听错。"商人百思不解地问昆虫学家,"你不仅听出了蟋蟀的鸣叫,而且还听出了蟋蟀的品种——可你是怎么听出来的呢?"

昆虫学家回答:"个头大的蟋蟀叫声缓慢,有时几个小时就叫两三声;而小蟋蟀叫声频率快,叫得也勤。黑色、紫色、红色、黄色等各种颜色的蟋蟀叫声都各不相同,比如,黄蟋蟀的鸣叫声里带有金属声。所有鸣叫声只有极其细微,甚至很难用言语形容的差异,你必须用心才能分辨得出来。"

他们一边说,一边离开了公园,走在马路边热闹的人行道上。忽然,商人也停住了脚步,弯腰拾起一枚掉在地上的硬币。而昆虫学家依然大踏步地向前走着,丝毫没有听见硬币的落地之声。

"这个故事说明了什么道理呢?"老人问我。

我在思考,我不知道老人讲这个故事给我听是什么意思,我琢磨着怎么回答才能让老人满意。

等了一会儿,老人自己给出了答案:"昆虫学家的心在虫子那里,所以他听得见蟋蟀的鸣叫;商人的心在钱那里,所以,他听得见硬币的响声。"

听完这个故事后,我向老人点点头说,我知道您的意思了。您是说,我既然要做茶叶生意,就要专心致志,心无旁骛,茶叶就是我的世界,不仅对茶叶本身要有研究,成为茶叶品评高手,还要对茶道、茶艺、茶文化有所了解,并且对销售,甚至包括茶叶生产厂家的分布及特点、消费者的心理都要知晓,要从骨子里对茶有着深刻的理解。

老人听后,对我竖起大拇指说,孺子可教也,你早晚会成功的。

就这样,我满怀信心开始了我的茶叶经营生涯。

我在市民居住比较集中的一条街道看中了一间 60 平方米的门市,年租金 3 万块钱。交了租金请来装修工装修门市,我又赶往茶叶生产地采购茶叶。这是我第一次采购茶叶,由于没有实际经验,采购的茶叶无论在色泽上还是质量上都给日后的批发和销售带来了困难。为了不再犯同样的错误,我买来好多有关茶叶的书,仔细研读,凡是上门的客户也都提供最优惠的价格,便于以后发展市场。

同时,我也开始托朋友介绍茶叶销售渠道,稍有空闲还亲自背着茶叶样品去零售店推销。

在开初的 5 个月里我跑遍了 10 个城市的茶叶零售店,但是没有得到理想的回报,而且费用花了不少,背了一身债,我几乎处在了崩溃的边缘。

我的茶叶门市经历了整整 8 个月的萧条后才开始复苏。期间,不断听到新开不久的茶业门市倒闭的消息,我的父母、朋友也都劝我收手。经过激烈的思想斗争和潜心研究后,我咬着牙告诉父母和朋友:"我已经喜欢上了这个行业,每个行业起步都会有艰难和困苦,更何况我现在对茶叶有了越来越深的了解和认识,也积累了一些经验,我相信我不会让你们失望的。"

随着茶经的提高和市场的辛勤开拓,我经营到第 9 个月的时候开始有了一点利润，就在 2003 年春节前后的一个月，我的门市赚回了之前的所有投资，还略有盈余。在 2004 年，我的茶叶门市纯利润超过了 15 万，2005 年达到了 20 多万元。

我的茶叶生意在经历了 8 个月的冰冻期后才迎来朝阳，真正赚钱是在一年以后。期间我也想过打退堂鼓，但是我的心在茶叶上，茶叶就是我的世界，我看好这个行业的前景，选择了坚持。我只能说我暂时取得了一些成绩。现在茶叶消费档次不断提高，人们对茶叶的工艺制作和认识程度也越来越高，茶叶的市场也更广阔，凭着我的执著和努力钻研，我想我的茶叶生意一定会越做越好。

你的心在哪里，你的世界就在哪里。这是我的信条，也是我小有成就的秘诀吧。

❀ 刘 萍

🌹 情绪小语 🌹

大多数人没有成功，主要是因为自己本身没有用心，没有专注。如果连自己的内心世界都把握不了，外面的世界即使不来干扰，自己也会自乱阵脚。只有专注在自己的领域，真正地投入了，才能够如鱼得水。学习中更需要专注的精神，只有这样才能学得真知识，在其中找到乐趣。

(周晓林)

没人可以偷走你的梦想

爱情远走了,还会有下一段爱情;钱没了,还可以继续去赚;唯独梦想,一旦失去,就再也难以寻回来了。

星期天下午,一位中年人登门拜访,自称是我的学生,可是我已经记不得他是谁了。

他笑着说,有一件事,老师一定会印象深刻。他说,小学四年级的作文课,题目是"我的理想"。当时他是这样写的,他说,我的理想很简单,就是长大以后能够走出大山,去看艾菲尔铁塔,还有埃及的金字塔和非洲的原始森林。

而其他同学的作文要么写着长大了当一名工人,或者长大了当一名科学家,只有他的理想看起来是那么不着边际。当时我批评他好高骛远,要他重写,可是他却执拗地告诉我:"这真的是我的理想啊!"后来,我让他在教室后面站了整整一堂课反省。

他这样一说,我约摸记了起来,好像在我刚刚走上讲堂的时候是发生过这么一件事。中年人说他就是当年的那个小男孩,如今,他的足迹已经遍布四大洲,真的实现了儿时的理想。

看着眼前这个中年人,曾经被我那么粗暴对待的学生,我深深地惭愧了。想到自己三十多年的从教生涯,不知道在有意无意间破坏了多少孩子的梦想。每一个人,儿时都曾有过一个美丽的梦想,但这个梦想,在成长的岁月里,不知道什么时候就被改掉了，或者说被自己扔掉了。也许是生活中微不足道的一件事，也许是老师笔下的分数，也许是老师无意之中的一句话，那个梦想不知不觉就褪色了。于是，我们的生活开始和绝大多数人的生活雷同，并且，我们还为这个雷同沾沾自喜。

爱情远走了，还会有下一段爱情；钱没了，还可以继续去赚；唯独梦想，一旦失去，就再也难以寻回来了。

作为一名老师，我为自己曾经说过那样的话而感到万分羞愧。人这一生，其实是多么需要梦想这双彩色的翅膀啊，孩子们更可以因为这彩色的翅膀而放飞自己的生命，而我却由于自己的年轻狭隘，粗暴地干涉着孩子们的梦想。

又一堂作文课上，我让每个学生说出心中的梦想。孩子们一个个站起来，大声告诉我，有的想当一名航天员，有的想当歌星，而有的则说自己长大了要做一个最棒的厨师。第一次，我微笑着听他们诉说自己的梦想，不再用自己那所谓的人生经历和价值观对他们进行武断地否定。然后，我告诉了他们那个中年人的故事，讲了他是如何坚持自己的梦想最后终于成功的故事。

那一堂作文课，我给学生们的作文题目是："没人可以偷走你的梦想"。

❀ 若　莲

🌸 情绪小语 🌸

每个人都有一个属于自己的梦想，不管这个梦想是伟大还是卑微，是实际还是遥不可及，它们都是切切实实属于我们自己的，与别人的梦想无关，只与我们自己为此付出多少汗水有关联。让我们乘着梦想的翅膀，向着心中的太阳勇敢的飞翔吧。　　（周晓林）

南瓜究竟能承受多大压力

只要像小南瓜一样竭力将绑住你的铁圈挣脱，就没有什么困难能够阻挡你！

在美国麻省某学院曾经进行过一个很有意思的试验。试验人员用很多铁圈将一个小南瓜整个箍住，以观察当南瓜逐渐长大时，对这个铁圈产生的压力究竟有多大。

最初他们估计南瓜最多能够承受大约 500 磅的压力。

在试验的第一个月，南瓜已经承受了 500 磅的压力。试验到第二个月时，这个南瓜竟然承受了 1500 磅的压力，当它承受到 2000 磅的压力时，研究人员不得不进一步对铁圈加固，以免南瓜将铁圈撑开。

最后当研究结束时，整个南瓜承受了超过 5000 磅的压力才产生了破裂。

他们打开南瓜发现它已经无法再食用，因为它的中间充满了一层层坚韧牢固的纤维，试图突破包围它的铁圈。为了吸收充分的养分，以便突破限制它生长的铁圈，它的根部甚至延展超过 8 万英尺，所有的根往不同的方向伸展，最后这个南瓜独自控制了整个花园的土壤与资源。

由南瓜的成长想到了人生。我们对于自己能够变得多么坚强常常毫无概念。假如南瓜能承受如此巨大的压力，那么人类在相同的环境下又能够承受多大压力呢？相信大多数人能够承受超过我们所认为的压力，因为你拥有比你想象中大得多的潜能。只要像小南瓜一样竭力将绑住你的铁圈挣脱，就没有什么困难能够阻挡你！

🌸 梦 蔷

🌹情绪小语🌹

水恐怕是世界上最柔弱的物质，但是它可以把坚硬的石头给"滴穿"。那我们呢？在学习和生活中，我们都会遇到压力，逃避不会让压力减轻，只会让它步步紧逼。但只要我们勇敢地去面对压力，我们就会像"南瓜"那样强大，就可以挖掘出自己的潜力，轻松地去应对一切。

(周晓林)

成功先生与失败先生

完全重用成功先生，不论任何思想进入你的脑中，都派成功先生去执行任务，他就会引你迈向成功。

你的头脑是一个"思想制造工厂"，一个非常忙碌、每日制造无数思想的工厂。

工厂由两位工头负责。一位我们称他为成功先生，另一位则称他为失败先生。成功先生负责正面思想的生产，他的专长是生产你之所以可以、够资格，以及会成功的理由。另外一位工头失败先生负责生产负面、自贬的思想，他是替你制造你之所以不能、不精、不足成事的理由的专家。生产为什么你会失败的思想，是他的专长。

成功先生和失败先生都非常听话，你只要稍稍给他们信号，他们就马上采取行动。如果讯号是正面的，成功先生就会出来执行命令。反之，负面的讯号，失败先生就会出来完成任务。

想要了解这两位工头对你的影响，你不妨这么做：告诉你自己"今天真倒霉"。失败先生一接到这个信号，立刻制造出几个事实证明你是对的。他会让你觉得今天太热或太冷、生意冷清、售货量减少、有人不耐烦、你生病、你太太心情不好。失败先生非常有效率，不到一会儿工夫，你就会感到今天真倒霉。

如果你告诉自己"今天是个好日子"。成功先生接到讯号出来执行任务，他告诉你"今天是个好日子、天气好、仍然快乐地活着、你又可以赶些进程"。那么，今天就是个好日子。

同理，失败先生让你相信你无法说服史密斯先生，成功先生则告诉你可以。失败先生说你会失败，成功先生则让你相信你会成功。失败先生找了冠冕堂皇的理由叫你不喜欢汤姆，成功先生则告诉你相信汤姆是值得喜欢的。

你给他们的信号愈多，他们就变得愈有权力。如果失败先生的工作增加，他就会增添人员，占据脑部更多的空间。最后他就霸占了整个思想工厂，可想而知，那样一来所有生产出来的思想都将是负面的。

所以最聪明的办法就是开除失败先生。既然他无法帮你达到成功的目的，干脆一脚把他踢开。

完全重用成功先生，不论任何思想进入你的脑中，都派成功先生去执行任务，他就会引你迈向成功。

❋ 关荣金

🌸 情绪小语 🌸

面对同一件事情，我们总是有两种不同的思维去面对——或者是积极的或者是消极的。这两种思维会拉着我们朝不同的方向走，当然，到达的终点也截然不同——或是成功或是失败。因此，我们面对任何一件事情都要用积极的、乐观的态度去面对，那样成功先生才会更稳接受任务，帮助我们走向成功。

(周晓林)

照 镜 子

"因为在你对这个人作充分的认识之前，对于你自己或这个世界来说，你都将是一个没有任何价值的人。"

在美国从事个性分析的专家罗伯特·菲利浦，有一次在办公室接待了一个因自己开办的企业倒闭而负债累累、离开妻女到处流浪的流浪者。那人进门打招呼说："我来这儿，是想见见这本书的作者。"说着，他从口袋中拿出一本名为《自信心》的书，那是罗伯特许多年前写的。流浪者继续说："一定是命运之神在昨天下午把这本书放入我的口袋中的，因为我当时决定跳到密西根湖，了此残生。我已经看破一切，对一切已经绝望，所有的人（包括上帝在内）都抛弃了我。但还好，我看到了这本书，使我产生新的看法，为我带来了勇气及希望，并支持我度过昨天晚上。我相信只要我能见到这本书的作者，他一定能帮助我再度站起来。现在，我来了，我想知道你能帮我这样的人做些什么。"

罗伯特从头到脚打量流浪者，他茫然的眼神、沮丧的皱纹、十来天未刮的胡须以及紧张的神态，充分显示他已经无可救药了，但罗伯特不忍心对他这样说。因此，请他坐下来，要他把他的故事完完整整地说出来。

听完流浪汉的故事，罗伯特想了想，说："虽然我没有办法帮助你，但如果你愿意的话，我可以介绍你去见本大楼里的一个人，他可以帮你赚回你所损失的钱，并且协助你东山再起。"罗伯特刚说完，流浪者立刻跳了起来，抓住罗伯特的手，说道："看在老天爷的份上，请带我去见这个人。"

这个流浪者会做此要求，说明他心中仍然存在着一丝希望。所以，罗伯特拉着他的手，引导他来到从事个性分析的心理试验室里，和他一起站在一块看来像是挂在门口的窗帘布之前。罗伯特把窗帘布拉开，露出一面高大的镜子，他可以从镜子里看到他的全身。罗伯特指着镜子说："就是这个人。在这世界上，只有这个人能够使你东山再起。除非你坐下来，彻底认识这个人，并且当做你从未认识过他，否则，你只能跳密西根湖去，因为在你对这个人作充分的认识之前，对于你自己或这个世界来说，你都将是一个没有任何价值的人。"

流浪者朝着镜子走了几步，用手摸摸他长满胡须的脸孔，对着镜子里的人从头到脚打量了几分钟，然后又后退了几步，低下头，开始哭泣起来。一会儿后，罗伯特领他走出电梯间，送他离去。

几天后，罗伯特在街上碰到了这个人，而他不再是一个流浪者形象，而是西装革履，步伐轻快有力，头抬得高高的，原来那种衰老、不安、紧张的姿态已经消失不见。他说，他感谢罗伯特先生，是他让我找回了自己，进而很快找到工作。

后来，那个人真的东山再起，成为芝加哥的富翁。

🌹 情绪小语 🌹

失败其实并不可怕，可怕的是我们把自己钉在了失败的十字架上，不能够解脱，这样离成功只会渐行渐远。其实，如果我们认为自己是流浪汉，最终就会成为一个流浪汉。我们能够在现实的镜子面前认清自己，我们也就会向自己认为的方向前进，成为自己希望的那个"自己"。

（周晓林）

人生的"雀斑"

以宽容之心，回归本位看自己，以豁达之心，微笑面对发生的一切，你便会与欢乐相伴，与幸福相随。

有一个女孩因脸上长着雀斑而懊恼不已。

一次，她看到报上登载有某医院可以根治雀斑的广告，便去医院求治。到了医院后,她发现求治雀斑的女孩已等候了一大片。医生当众告知此类手术的苦痛,吓得这个女孩迟迟不敢进手术室。终于,有两个人进去了……当她发现手术室里的这两个女孩脸色苍白、手脚发抖时,她终于醒悟:代价如此之大,何不接受这些雀斑呢?

当她终于悟出这个道理之后,她拥有了一份自信和洒脱。这个女孩就是后来在日本家喻户晓的影星山口百惠。山口百惠的这份潇洒比之美丽的容貌更坦然,更从容,也更具有内涵。

其实,在我们的一生之中,总会有一些不尽如人意之处,有些甚至是无法改变和逆转的。对于这些,我们明知摆脱不掉,倘若依然耿耿于怀,就会愈加痛苦不堪。

须知,只有丰富多彩的生活,没有完美无缺的人生。除了雀斑,你还有明眸皓齿,你还有如花笑靥,如瀑秀发。

以宽容之心,回归本位看自己,以豁达之心,微笑面对发生的一切,你便会与欢乐相伴,与幸福相随。

❀ 崔鹤同

🌀 情绪小语 🌀

山口百惠用她洒脱的自信微笑面对容貌的小小不足。当我们面对生命中的不如意时,何不像她一样坦然和从容。宽容和豁达会让我们笑得更美,生活变得更幸福。

(周晓林)

讨好自己

我曾经很疑惑在这个讲文凭讲资历讲美貌的社会,她有什么可傲的资本。她的回答理直气壮:"讨好别人是费力的无用功,与其这样还不如讨好自己。"

昨晚室友一回来就大倒苦水:"真不知道现在的人都吃错什么药了,那位××大姐整天吊着一张脸,居然能竞聘上主管。这下高升了,人也变得趾高气扬起来。早上跟她打招呼,她眼睛一斜爱理不理的,下午下班时叫她一起走,她撂出一句以前从未说过的话'我喜欢自己走'。哎哟,真是倒了几辈子霉才要去讨好她。"

听完她的话我很诧异,既然如此,何必要去"讨好"她呢?身边这么多人,你不可能让所有人都成为自己的知己,更不可能让每个人都喜欢自己。何必辛辛苦苦地去迎合、讨好他们呢?白眼也吃了,压力也受了,可别人并不一定就喜欢你接受你了。不知不觉中,你就迷失了自己也烦着了别人。

想起一位在某公司做总台小姐只有中专学历的女孩,她给人的感觉就是"傲"。我曾经很疑惑在这个讲文凭讲资历讲美貌的社会,她有什么可傲的资本。她的回答理直气壮:"讨好别人是费力的无用功,与其这样还不如讨好自己。"我一阵愕然,可瞬间又了然。

从此,我学会了在流言飞语面前为自己设一道"隔音墙"。

在孤独寂寞时，想方设法逗自己开心；在烦躁压抑时，纵情高歌，尽享美食，大吼几声来发泄；在受到打击时，允许自己畅流几滴眼泪；在踏进陌生的新环境时，找面镜子安慰自己"至少还有一张最熟悉的笑脸"。

感谢那位普通的"傲"女孩教会我这个人生宝典："讨好自己。"

✳ 应颖颖

🌸 情绪小语 🌸

每个人都有自己的世界，不用去迎合别人，这样不一定能够得到别人的喜欢，反倒会失去自己的个性。即使我们是毫不起眼的一株小草，一只蚂蚁，也不会因为渺小而卑微。我们都是独一无二的、与众不同的，世界缺少了我们，就会缺少很多的精彩。

（周晓林）

不到一天大

因纽特人相信到晚上入睡时，他们就死了，当他们在清晨醒来时，他们重新复活，获得新生。因此，没有哪个因纽特人能活过一天。

"今天是你余生的第一天。"在维尔玛·丹尼尔的书《欢庆快乐》中,她给了这句耳熟能详的话一个全新的解释。她曾经采访过一个去阿拉斯加拜访因纽特人的人,那人的话使每个人都有所领悟。

"永远不要问因纽特人他多大了。如果你问,他会说:'我不知道,我也不在乎。'他们中的一个人就是这样对我说的。

"当我第二次问他的时候,他说:'不到,就这样了。'这对我来说还不够。于是我问他不到多少,然后他说:'不到一天。'

"因纽特人相信到晚上入睡时,他们就死了,对世界来说是死了。

"然后当他们在清晨醒来时,他们重新复活,获得新生。因此,没有哪个因纽特人能活过一天。这就是因纽特人说他不到一天大的意思。"

"北极圈里的生活是极其残酷的,起码的生存成了主要的奋斗目标,"他解释,"但是,你永远看不到一个面带焦虑的因纽特人。因为他们学会了每次只面对一天。"

❋ 薛雅文

🌹 情绪小语 🌹

　　寒冷的北极造就了因纽特人坚强的性格,他们每天都在与生存作斗争,他们将每天都视作重生,都以积极、乐观的态度去面对残酷恶劣的生存环境。风雪不算什么,只要我们积极地去拥抱阳光,坚冰也会被融化的。如果生命只有一天,谁不会去珍惜?谁不会以火一般的热情去面对呢?

（周晓林）

学会忍受

"这个世界是大家组成的，人活在这个世界上，除了要学会互相热爱之外，还必须学会互相忍受。"

一个大男孩，任性而且很爱发脾气。

一天，一位哲人来到大男孩家。大男孩问哲人："怎样才能控制情绪？"哲人笑了笑，说："如果你实在控制不住，就拿刀在自家院子里的树上砍上一刀。"

大男孩照哲人的话做了。第一天，树上有好几处很深的刀痕；第二天，树上仍有刀痕，不过好像比第一天浅了点；第三天，第四天，树上的刀痕渐渐少了……一个星期过后，大男孩看着树上这许许多多、或深或浅的刀痕，刀再也挥不下去了。

哲人再次来到大男孩家，对他说："其实，树和人一样，你的每一次不能自控，都会给人造成伤害和痛苦。只是树的伤口在表面，而人的伤口在心里。"哲人最后告诉大男孩："这个世界是大家组成的，人活在这个世界上，除了要学会互相热爱之外，还必须学会互相忍受。"

有位太太总是不断指责对面的太太很懒惰："那个女人的衣服，永远洗不干净，看，她晾在院子里的衣服，总是有斑点，我真的不知道，她怎么连洗衣服都洗成那个样子……"

直到有一天，有位明察秋毫的朋友到她家作客，才发现根本不是对面的太太衣服洗不干净，而是另有原因。细心的朋友拿了一块抹布，把这位太太家窗户上的灰渍抹掉，然后说："看，这不就干净了吗？"那位太太这才恍然大悟：原来不是人家的衣服没洗干净，而是自家的窗户脏了。看到外面的问题，总比看到自己内在的问题要容易得多；而把错怪给别人，也比检讨自己来得容易；于是，有些愤世嫉俗的人大都从年轻愤怒到老。

我讨厌过别人，后来我知道也有人讨厌我；我讥讽过别人俗，后来我知道别人并不以为我高雅。后来的后来，我总算明白了，很多事情总是出乎自己的意料，我终于懂得了什么叫体谅。生活在同一环境、同一空间，大家都各有各的生活方式，各有各的优缺点，当两个人不能完全融合时，请你我多多体谅！

在古老的西藏，有一个名叫艾地巴的人，每次生气和人起争执的时候，就以很快的速度跑回家去，绕着自己的房子和土地跑三圈，然后坐在田地边喘气。

"年轻时，我边跑边想，我的房子这么小，土地这么少，我哪有时间、哪有资格去跟人家生气……一想到这里，气就消了。现在，我边跑边想，我的房子这么大、土地这么多，我又何必跟人计较！"

我们不妨学学这位老伯，在生气的时候跑三圈，跑完三圈后，也许你就会明白其中的道理。

❀ 李 愚

❀ 情绪小语 ❀

发脾气带来的伤痕会留在别人那里，也会留在自己心里。没有一个人能够真正理解别人，很多时候我们的理解未必就是事情的真相。因为无论在何时，我们都有可能成为那只井里之蛙，只看到井口大的天地。所以，遇到矛盾想发脾气时，才更要以自己宽容的心去体谅别人。

（周晓林）

我是情绪的小主人

二战时期，

犹太小姑娘安妮和家人被侵略者逼得无路可逃，

只能躲在阴暗的地下室。他们在地下室一待就是两年，

见不到阳光，不敢高声说话，做什么事都小心翼翼。

但就在这样的环境下，她依然努力让自己露出笑容，

每天坚持写日记。

她的日记和事迹感动了全世界无数的人。

我们是自己情绪的小主人。无论发生什么事，

只要我们保持阳光般的心态，多想那些令人愉快的事，

忘掉生活中的烦恼，不轻易悲观失望，

我们就会发现，原来每一天都是那么美好！

心境的魔力

要存活，只要一箪食、一钵水足矣。但要活得精彩，就需要有宽广的心胸，百折不挠的意志和化解痛苦的智慧。

一个名叫维克多·弗兰克的德国精神病博士曾经在纳粹集中营里被关押了很多日子，饱受了纳粹分子的凌辱和非人的对待。

弗兰克曾经绝望过，因为这里只有屠杀和血腥，没有人性、没有尊严。那些持枪的人，都是野兽，可以不眨眼地屠杀一位母亲、儿童或者老人。

他时刻生活在恐惧中，这种对死的恐惧让他感到一种巨大的情绪压力。集中营里，每天都有因此而发疯的人。弗兰克知道，如果不控制好自己的情绪，也难以逃脱精神失常的厄运。

有一次，弗兰克随着长长的队伍到集中营的工地上去劳动。一路上，他产生了一种幻觉，晚上能不能活着回来？是否能吃上晚餐？他的鞋带断了，能不能找到一根新的？这些幻觉让他感到厌倦和不安。于是，他强迫自己不再想那些倒霉的事，而是刻意幻想自己正走在前去演讲的路上，来到一间宽敞明亮的教室中，精神饱满地在台上发表演讲。

他的脸上慢慢浮现出了笑容。

弗兰克发现，这是久违的笑容，多年来，它从来没有出现过。当知道自己也会笑的时候，弗兰克预感到，他不会死在集中营里，他会活着走出这个魔鬼般的地方。

多年后，从集中营里释放出来时，弗兰克看上去精神很好，他的朋友不相信，一个人在魔窟里会依然保持年轻。

这就是心境的魔力。有时候，一个人的精神可以击败许多厄运。因为，对于人的生命而言，要存活，只要一箪食、一钵水足矣。但要活得精彩，就需要有宽广的心胸，百折不挠的意志和化解痛苦的智慧。

因此，从某种意义上说，人不是活在物质里，而是活在自己的精神里。如果精神垮了，没有人救得了你，即使是上帝也不能。

✽ 陆勇强

🌹 情绪小语 🌹

物质是维持我们生命的东西，精神和意志是我们真正的灵魂。面对困厄，如果只是恐惧和逃避，困境就会像乌云一样紧紧逼迫过来；如果控制住消极和悲观的情绪，以阳光的心态去面对，乌云也就烟消云散了，生命也会因为有阳光的照耀而精彩起来的。

（李　俊）

笑匠的哭泣

铭记悲伤和遗憾,不是为了让我们伤感,而是为了让我们去笑对人生,为了让今后的日子不再重演遗憾。

　　说错话令人难过,说错话而没机会说句对不起叫人更难受,而更残酷的是,对方是你最亲的人。作家比利写的《七百个星期天》中就有一件影响了他一生的憾事。

　　那年夏天,比利的爸爸诸事不顺,一天晚上突然毛躁起来,大骂儿子读书懒散。比利破口而出:"你懂个屁!"爸爸既惊又怒,比利又怕又悔。父亲盛怒无言,良久,携母亲外出打保龄球。比利想道歉,又说不出口,心想:算了吧,回来再道歉吧。

　　天不从人愿。深夜,妈妈回来了,可是笑声不再,哭声却愈逼愈近。爸爸没有回家,以后也没有,因为爸爸在球道上心脏病猝发离开了人世。

　　警员把遗物送回,包括棒球帽、结婚戒指、手表和钱包。比利第一次打开爸爸的钱包,"里面只有他的驾驶执照和我们的相片,那是一个深棕色的皮夹子,四角已磨损,却俨如一本圣典。我从未看过这些照片。哥哥、祖儿、里普与我不同时代的照片,爸爸都给细心收集起来。最后一张,是妈妈年轻、美丽的单人照,大概摄于他们邂逅的年代。我把钱包合上,陷入了良久的无声哭泣中。"

那年,比利十五岁。

比利说,粗略计算,他与爸爸相处的短短十五年,加起来,约摸就等于有七百个星期天的时光,这是就书名《七百个星期天》的由来。

薄薄的小书,其实笑料极多,有些读来笑得肚子痛,而更多的是一些心得逸事,但唯独几段描写他与父亲相处的时光,令我对这位偶像更添了解。原来一张笑脸早被洗练,笑中有泪,大概伟大笑匠的背后,都有这么风霜一页。

比利也喜欢演戏,他对自己的黑暗面异常警觉,甚至看书必先看结局。我们的黑暗面恐怕不比比利少,我只想学习现实中的比利,化哀愁为力量,好好爱着身边人。

❋ 冯 肯

❀ 情绪小语 ❀

一位以喜剧面孔出现的作家,背后却有着难以弥补的遗憾和不为人知的辛酸。他用自己的经历告诉我们:即使心中有浸满泪水的悲伤和遗憾,我们也不要把它带到未来的生活中去。铭记悲伤和遗憾,不是为了让我们伤感,而是为了让我们去笑对人生,为了让今后的日子不再重演遗憾。

(李 俊)

一分钱的布

人们如果能够有效约束自己、克制自己，使自己心平气和地待人处事，一定会因此而省去很多不必要的烦恼。

林肯在年轻的时候，是一个性情暴躁、脾气很大而且没有自制力的人，他曾经与人决斗差点丢掉性命。但是，他终于有一天认识到，要成功就必须克制自己。于是他开始练习自制，终于成为一个具有忍耐力的人。他曾经这样说："从我养成这个自制的习惯以后，自己真不知获得了多大的利益！"

从前，有一个以忍耐著称的店主。有人想试验他的忍耐力究竟是否属实，便故意到他的店里去找茬。那人走进店铺说想买一种布，但又不说出那种布的名字，于是要店主把各种布匹都拿过来让他一一过目。

店主照办了，而且显得很有耐心。那个人挑来挑去，后来似乎看中了一匹布，便说："这种布就是我想要的，你给我剪一分钱的吧。"

"一分钱的布"到底有多大？这样的生意谁会愿意做？但店主既不惊讶，也不抱怨，而是按照那个人的吩咐立刻剪下一小段布，约摸价值超过一分钱，又命令伙计给他包扎得端端正正，然后很客气地交给他。

店主的忍耐让那位试验他的顾客佩服得五体投地，他觉得简直不可思议。当他把自己的经历告诉熟悉的人后，一传十、十传百，店主的名声不胫而走，顾客纷至沓来，络绎不绝，小店的生意变得越来越红火了。

现在，如果换成你是店主，你能有这样的忍耐力吗？你会一点儿也不急躁，在脸上或心里对这位半开玩笑的顾客一点儿也不抱怨吗？

人们如果能够有效约束自己、克制自己，使自己心平气和地待人处事，一定会因此而省去很多不必要的烦恼。俗话说"病从口入，祸从口出"，假如少开口、少和他人计较，那该是多么舒适、坦然呀！

❋ 刘超平

🌀 情绪小语 🌀

世界上有很多不公平的事情，也有很多我们难以理解的东西，还有很多和我们想法不一样的人，我们不必去计较一时的得失，这样只会让我们损失更多。如果能够克制和约束住自己的情绪，以良好的心态去面对，问题往往就会迎刃而解，我们也会得到意想不到的回报的。

（李 俊）

只朝一个方向

无论遇到多大的困难和干扰，始终把目光盯在目标上，我们才不会与成功错过。

一位走钢丝跨越峡谷的杂技演员，谈到他走钢丝的体会时说："当一个人走钢丝时，他并不是非常刻板地僵硬不动。虽然他基本上保持可能直立的姿势，但为了保持运动中的整体平衡，他的身体总是轻轻地摆动和弯曲。但是有一点是不变的，他的脚只朝着一个方向移动，向着眼睛紧盯着的目标——钢丝的另一头，前进。"

一位女演员在成名后，回忆起父亲当年教育她的话。父亲说："我希望你能成为一匹良种马，当良种马在奔跑时，他们是戴着眼罩的，这样一来，它们的目光就会保持向前直视，而不会受到其他马匹的影响，只会按照自己的跑道向前跑。"

走钢丝需要的是保持平衡和克服恐惧，赛马需要的是排除干扰和发挥速度，但这两者是有相同之处的，那就是：必须知道自己的目标，坚持自己的目标。

无论遇到多大的困难和干扰，始终把目光盯在目标上，我们才不会与成功错过。

❋ 徐 静

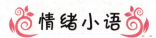

情绪小语

在追求梦想的路上，我们总会遇到不同的干扰、困难或诱惑，被一些东西所吸引、所牵绊。但是，只要我们紧紧盯住梦想的彼岸，那么那些东西就只是我们路过的风景而已，我们终会到达梦想的港湾的。

（李 俊）

富翁与修女

所有的时间和精力用在我们应该用的地方，而不是花时间去愤怒。

一位修女要为孤儿院募款，因此特别去拜访一位吝啬的富翁。

当天富翁因为股票跌停，心情不佳，又认为修女来的不是时候，大为光火，挥手就打了修女一记耳光。但这修女不还手也不还口，只是微笑地站着不动。

富翁更恼火，骂道："怎么还不滚！"

修女说："我来这里的目的，是为孤儿募款，我收到您给我的礼物，但是他们还没有收到礼物。"

富翁大受感动，以后每个月自动送钱到孤儿院去。

在现实生活中,遇到让自己难以克制住情绪的事情,应该像那位修女一样冷静地想一想,我们为什么做这件事?那样,我们就会把所有的时间和精力用在我们应该用的地方,而不是花时间去愤怒。

(李 俊)

喜马拉雅山的猴子

> 他们越想告诉自己不要想起那些猴子,就越是想起那些事不关己的猴子。

从前,在喜马拉雅山脚下的小小村落里,来了一位仙风道骨的老人。他向全村村民宣布,他会一种可以点石成金的法术,不过,天下没有白吃的午餐,想要学这套法术的人得先把家中最值钱的东西拿出来当学费才行。

村里的人实在穷怕了,人人都想发财想得发疯。大家商讨了一下:既然可以学会点石成金术,那么,先牺牲学费有什么关系呢(当然,他们的逻辑头脑没你聪明,不会如是想:如果老人真能点石成金,还收学费做什么)?

于是他们虔诚地交了学费,集合起来听老人教授这神奇的法术。只听老人叽里咕噜念了一大串咒语,然后就把盖在木桶下的石块变成了闪亮的金子。

"快教我们吧。"每个人的喉咙深处都发出饥渴的声音。

老人不厌其烦地将咒语教给村人,当村子里最笨的人也能背诵咒语之后,他很满意地告诉他们:"你们等明天日出的时候就可以开始用点金术了。我保证各位都可以把没用的石块变成黄灿灿的黄金,不过,你们千万记住——念咒语的时候,你们的脑子里千万不要想起喜马拉雅山的猴子。"

"绝对不会!"村人异口同声地回答。黄金跟喜马拉雅山的猴子有什么关系呢?老人真是无聊,他们哪会想起喜马拉雅山的猴子?

可是……

一千年过去了,听人说,如果你现在到这个村庄,你还会看到不少人把石头盖在木桶下喃喃自语,"努力"地不要想起喜马拉雅山的猴子。

他们始终没有"念"出黄金来,但也没有人能怪老人说谎,因为每个人都得承认,他们越想告诉自己不要想起那些猴子,就越是想起那些事不关己的猴子。

我们的头脑中,也常常有这些幻想的猴子。

小心！别让任何人包括自己在你的脑袋里养了个喜马拉雅山的猴子！

❋（台湾）吴淡如

🌀 情绪小语 🌀

"喜马拉雅山的猴子"其实是每个人脑子里的那个魔咒。我们越是想摆脱一些东西，那些东西反倒越在脑子里纠缠，挥之不去。就像有人快要成功的时候，总是想到失败的后果，结果造成心理影响，功亏一篑。与其这样，不如坦然地去面对，不刻意去摆脱那只"猴子"。专心地做自己的事情，不去理睬它，那只"猴子"也许就会因为寂寞无聊自己跑掉了。

（李 俊）

守护一脸笑容

守候着信心与笑容，一切都变得有利起来。

古河是个穷孩子，小的时候帮人做豆腐。古河是个非常认真的孩子，做事总是尽心尽力，而且充满信心，所以做的事情也很多。主人什么时候看到他，都是一副信心十足、笑容满面的样子，所以主人把看他做事当成件愉快的事。长大以后，他不再做豆腐了，被放债的人雇去催收钱款。

古河靠着他的笑容，把收款的事情做得很出色，多么难收的款他也能收回来。有一次，古河到一个借债的人那里要钱，这笔债早就应该还了，可是借债的硬是拖，"一千年不赖，一万年不还"。这一次，一看来了个讨债的，那人脸色立刻由晴转阴，对古河一脸冰霜，横竖不理不睬。他把古河一个人晾在那里，自己走了。晚上，直到睡觉的时候，他也没搭理古河，索性关了灯，睡大觉去了，让古河一个人摸黑枯坐。古河晚饭也没吃，又冷又饿，但他就是不生气，就是那么静静地坐着，一直坐到天亮。第二天早晨，那个借债的人看到古河仍然坐着，脸上仍然挂着笑容，没有一点生气的样子，着实被感动了，恭恭敬敬地把钱还给了古河。

古河的随和、耐心和永久的笑容，显示了一种心理的力量、意志的力量、信心的力量。两年后，古河买了一个废弃的铜矿，后来成为了日本的矿业大王。任何一种成功都有自己特有的秘诀。人们问古河成功的秘诀，古河说："发财的秘方就是忍耐二字。"又说："有了忍耐，就没有一件东西能阻挡你前进的步伐。"

人们这样评论他的成功："守候着信心与笑容，一切都变得有利起来。"

✳ 恒　久

❧ 情绪小语 ❧

面对自己无能为力的事情，发泄情绪也无济于事，只会让自己的心情雪上加霜，倒不如抱着希望乐观的心去面对，一切都会自然而然地好起来。就像等公交车，如果错过了一趟公车，切勿发脾气，因为走了就已经走了，不会再回来。最明智的办法：安心等待下一趟车的到来。

(李　俊)

压力的馈赠

压力是成功的催化剂，它可以催生许多奇迹。

一位出生在普通人家的年轻人十分喜欢文学，但在他 30 岁之前从来没写过令自己满意的作品。

他的亲人希望他能经商，这样生活可以因此更富足些，但是他却希望能够写作。他最大的希望就是有人能为他提供一年的生活费用，让他能够安稳地写作。

但残酷的生活让他不得不走上经商的道路，他先后办了不少厂子，但没有一家能够成功；他也曾和出版商合作，经营书籍，但也失败了；他又办了铸字厂和印刷厂，但厄运连连，这两家厂先后倒闭，而且欠下的巨额债务足以让他还 30 年。

没有钱的他不得不走上靠卖字来求生和还债的道路。一年之内，他发疯似的写下了 3 部小说，但那些书反响平平，销售也不理想，而且因为版权得不到保护，即使小说写成，也不足以解决生计问题。后来他改做记者，为多家日报撰稿，他每天写大量的文字，赚取一些微薄的稿酬。

债主天天上门逼债，他绝望过，也想过放弃。但他十分崇拜白手起家、意志坚强的拿破仑，他把拿破仑的画像放到书桌前，鼓励自己必须坚持下去。

他开始创作小说。他一天睡四五个小时，喝大量咖啡，每天晚上 8 点上床，午夜起来写作，直到早晨 8 时。为了让自己的文字尽快变成金钱偿还债务，每天早餐之后，他就把手稿送到印刷厂。因为创作时间仓促，文章上经常有错字和文理不通的部分，他只好对校样改了又改，而且他不是只改动几个标点，而是大段大段地重写。一本名叫《老处女》的小说，他一连改了 9 次，最后让排字工人十分厌烦，他们甚至抗议以后不再排他的文字。

他在 30 岁之后的生活几乎全是为债务而发疯似的写作。在后来的 20 年内，他创造了 100 多部小说，其中的《高老头》等数十篇小说成为传世之作。在他逝世的前两年，他还在修改 20 多年前的手稿。

他就是法国著名的作家巴尔扎克。巴尔扎克能从一个平庸作家成为著名作家，动力竟来源于那些巨额债务。为挣钱还债，他写作写作再写作。

很难想象一个伟大的作家有这样的创作动机，但巴尔扎克的故事却让我们明白，压力是成功的催化剂，它可以催生许多奇迹。

❀ 流　沙

🌹 情绪小语 🌹

　　如果没有考试和升学的压力，恐怕我们很多时候在安然地睡觉，安然地嬉戏吧。人生不能没有压力，没有了压力也就失去了前进的动力。没有压力，往往就会忘记自己的目标，就会懒怠。所以，在适当的时候给自己一些适当的压力吧，它会推着我们前进的。

（李　俊）

先把泥点晾干

批评和侮辱,跟泥巴没什么两样。如果当时立即去抹,一定会搞得一团糟。

　　读研究生时,我的导师吉纳经常告诫我们,不要一时冲动,成了情绪的奴隶。一次,一名研究生找到她,说另一名研究生出言不逊,当众讽刺他理论过时、见解平庸,令他大为恼火。他不知道是该直接找那个学生论个明白,还是应该找对方的教授评理。

　　吉纳教授慢条斯理地说:"有时候,别人的言行是很难理解的。如果你不介意,让我给你一个小建议。批评和侮辱,跟泥巴没什么两样。你看,我大衣上的泥点,就是今天早晨过马路时溅上的。如果我当时立即去抹,一定会搞得一团糟。所以我把大衣挂到一边,专心干别的事,等泥巴晾干了再去处理它,就非常容易了。瞧,轻轻掸几下就没事了。我建议你等情绪的水分都蒸发掉了,再来想这件事。到那时,如果你还打算讨伐他,请再来找我。不过晾干水分后,你也许会发现那泥点也淡得找不到了!"

❀ 王　悦

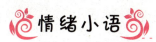 **情绪小语**

　　面对一些无法理解的或者是觉得自己受到伤害的事情,人们的怒气往往会像火山爆发一样宣泄出来,结果也往往更糟糕。所以,最好的办法就是把那些烦扰我们的东西先扔在一边,不去管它。时间久了,这些东西就慢慢淡化了,当初愤怒的心情也就渐渐地不见了。

(李　俊)

过去的事就让它们过去吧，
因为留在心里的魔障，
会带来更不适宜的过错。

——[印度]泰戈尔

第3辑

让写满字的白纸开出花来

一张纸上被写满了字，
老师让学生在上面画一幅画。
学生们你看看我，我看看你，
心想：这张纸已经被涂满，
没有空地儿了，怎么画呢？
老师没有说话，取下纸，埋头画起来。
不久，学生们看见那张白纸开出了鲜艳的花朵。
原来，老师是把那张纸翻过来，用另一面画的。
很多情况下，我们小小的脑袋里塞满了烦恼和失望，
是因为我们只看到了不好的一面。
换个角度，我们就可以看到藏在困难后面的机会，
拥有更加广阔的心灵天地，在困境中找出希望，
让我们的白纸也绽放出灿烂的花。

没有伞，就跑

生活其实就是这样简单。每个人都不可避免地要遇上没有伞的雨天，当雨天来临时。

3年前，我只身来了广州，寄人篱下。

和众多刚毕业的学子一样，为了一份工作，我整日奔波在城市的大街小巷。买招聘报、挤公交车、投简历、等待……日子就这样毫无头绪地过着。

因为学历不高，专业不好，差不多两个月过去了，还没有一家像样的单位肯要我。从家里带的生活费很快用光，心情也一天比一天糟糕。想想依赖父母的日子，无忧无虑，到现在才体会到现实中生活的艰难。

灰色的日子因一个偶然的机会有了改变。那是个暮秋的傍晚，天下着雨，不算很大，却足以湿透人的衣服。我任雨水淋洗，漫无目的地行走在街道上，没有一丝躲避的意念。我把雨看成我生命的困境，躲是没有用的。

雨突然住了！恍惚中，我抬头望天，只见一把绿色大伞撑在我的头上。接下来，我听到有人对我说："没有伞，怎么不跑？"来不及转念，我看到举伞的人是一个中年男子，他的左臂下夹着一根拐杖。"跑快点不就可以少淋雨了吗？"他又说了一句。我摇摇头，却又一想，是啊，没有伞，怎么不跑？快点跑到目的地，不就可以少淋雨了吗？多么平常的话，为什么我就没有明白它的寓意呢？人总要学着自己长大,难道没有了父母的关系网,我就只能成为流浪的孤儿?

中年男子送了我一程,从交谈中,我知道一次车祸夺去了他一条腿。这个打击使他一度悲观丧气,后来在亲人的劝慰下终于勇敢地活了下来,而且靠摆报摊挣钱,收入虽微薄,但至少能给家里减轻点负担。

面对这个男子,我没有怜悯,只有佩服。打开伞让别人躲雨,这是一种做人的境界,何况他还是一个残疾人。当然,触动我的还是那句话——没有伞,为什么不跑?

几天后,我去了一家超市做营业员,从最基本的活做起。一年后,我找到了自己喜欢的职业,换了一份工作。

生活其实就是这样简单。每个人都不可避免地要遇上没有伞的雨天,当雨天来临时,如果消极地承受淋漓之苦或者希望用别人的伞来为自己遮雨,那么注定这个雨天是漫长的;相反,如果想要摆脱,勇敢地向前方的目的地"跑"去,你会发现这个雨天并不长,只是在你意念之间而已。

所以,不要犹豫,不要徘徊,没有伞,就跑!

❋ 杨海亮

🌀 情绪小语 🌀

在家里的时候,父母是我们的伞,为我们挡风遮雨;在学校的时候,老师是我们的伞,为我们指明方向。但是总有一天我们要自己承担风雨,承担压力和困难,这个时候我们只能依靠自己,让自己全力以赴地去"奔跑"。这样,我们才能够跑出头顶的那朵乌云,迎来属于自己的阳光。

(张 洋)

转念之间

自己何必如此痛苦呢？我真的不能多等待几分钟吗？我难道不能像司机那样快乐吗？

又到十字路口了，前面红绿灯显示牌显示还有 20 秒——马上要变红灯了，我在心里暗暗喊："快点快点！"偏偏车慢吞吞地滑动着，在红灯前停止，又一轮等待开始了。

我心里开始怨恨这糟糕的司机，突然有种想指责他的冲动。司机却拧开了收音机，一段舒缓的音乐在车厢里响起，他取过一张报纸，哗啦哗啦地翻着。转眼看看车内的人，个个面无表情，有的在打瞌睡，有的盯着窗外某个地点。我突然觉得时空感消失了，这里的氛围太压抑了，只有那个司机，是快乐的，他开始跟着收音机的音乐浅浅哼唱。

我所看到的公交车司机大都是"苦大仇深"的，很少有这样的。但这位却给人耳目一新的感觉。我看到了后视镜中自己的模样，满脸疲惫，头发零乱，我都为自己吃了一惊，不就是一个小时的车程，自己何必如此痛苦呢？我真的不能多等待几分钟吗？我难道不能像司机那样快乐吗？

✿ 流 沙

情绪小语

　　焦虑的时候为什么不让美妙的旋律来缓解自己的心情呢？为什么要让那些糟糕的事情来弄糟自己的心情呢？这个时候我们只要把自己的视线从那些"糟糕"上挪开，去看看窗外美丽的风景，心情就会大不一样了。

（张　洋）

移不走石头就远离它

　　与其在一些短期内无法解决的难题上花费太多的时间和精力，不如绕开困难，换种思路。

　　愚公移山的故事谁都知道，他不畏困难，持之以恒，带领子孙，世代搬山。智叟取笑时，他用"世世代代无穷匮也"来表达自己的决心。最终感动了天帝，派神仙帮助他移开了大山。

　　在西方也有一则类似的寓言。有一个农夫靠养羊为生，但住的地方给他带来了极大的不便。房屋坐落于山脚下，每天日出他都把羊赶到后山上去吃草，日落再赶回羊圈。农夫的住所距离集市并不算远，但问题是只有两条通往集市的路：一条在屋前，但与集市间隔着一块巨石；一条在屋后，到达集市得绕上十几个钟头。放羊到后山倒是挺方便，可是每隔几天卖一次羊奶，每个月还要卖羊肉就相当艰难了，因为屋前的这条路上横着一块巨大的石头，根本无法通行。

农夫只能叫苦连天地从后山赶往集市，屋前路上的这块巨石就像一座大山一样"压"得他透不过气来。终于有一天他下定决心要将石头移开，他带着儿子开始行动。石头又大又硬，每天只能凿下一点点。儿子说，这要干到什么时候才能搬开它？农夫坚定地回答，不管干多久都要坚持下去。

一晃半年过去了，农夫一家的进展并不顺利。一次，大汗淋漓的儿子坐在一旁休息。过了一会儿，儿子突然说，我们为什么一定要移开这块石头呢？农夫回答，那还有什么更好的办法呢？儿子想了想大声说，我们搬家不就行了吗？把羊从后山绕道赶到石头的另一面，然后重新盖栋房子，最多只需用两个月的时间，不比没日没夜地凿石头简单得多吗？农夫听后一把搂住儿子说，你简直是上帝派来的天使。

不久，农夫的家就安在了离集市很近的一处山清水秀的地方，从此过上了便利而富足的生活。

愚公意志坚韧固然不"愚"，智叟只会取笑当然不"智"；而农夫远离巨石重新安家，同样是一种明智之举。与其在一些短期内无法解决的难题上花费太多的时间和精力，不如绕开困难，换种思路。这种尝试，有时反而会收到奇效。

❀ 绘 丹

❀ 情绪小语 ❀

　　有时，一道数学难题，我们用常规的解法难以解决，而换一种解法反倒会让问题变得简单。同样在生活中，当我们遇见一时解决不了的问题时，也许可以像"愚公"那样用自己的恒心去感动上天，但是如果有更好的办法可以解决，为何不去试试呢？（张 洋）

让写满字的白纸开出花来

不要只看到纸的一面，只要用心，就可以发现机会。

进美院的第一堂课让我受益终生。

上课铃声响过之后，老师走了进来，他是一位头发花白，精神矍铄的老教授。教授登上讲台后，什么也没有说，自顾自地将一张白纸粘贴到黑板上。然后，教授转身扫视了一下同学，进行自我介绍后，说道："现在，轮到我来认识你们了，你们每个人上来，将自己的名字写在白纸上。我这里有一盒彩笔，有很多颜色，随意挑选着用……"

教授和蔼的声调让严肃的课堂一下子活跃起来。同学们按次序一个个地走上讲台，写着自己的名字……很快，黑板上的那白纸就斑斓起来，写到最后，已经没有空白了。

所有的同学都写完自己的名字后，教授问道："谁能够在这张纸上画一幅画啊？画什么都可以，一只小猫，一棵树，或者一朵花……"

同学们面面相觑，没有人站起来。教授开始逐一地问每个同学："为什么不上来画呢？"得到的回答非常统一："已经没有空间，画不了了。"

教授没再说什么，只是取下了黑板上的纸，然后伏在讲桌上挥毫作画。少顷，当他将纸重新粘贴到黑板上的时候，一朵娇艳的花已经开在上面。原来,教授把纸翻了过来,用纸的另一面作画。

"不要只看到纸的一面,只要用心,就可以发现机会。"教授的话一直回响到今天。

写满字的白纸上怎样开出花朵? 白纸轻轻一翻,多少人都可以做到,却很少有人能够想到。只要用心,才能够拥有馨香芬芳……

❋ 澜　涛

情绪小语

纸面上的空间满了,已经找不到空隙把我们的色彩填下去,殊不知还有另外一片天地藏在纸的背面呢。所以,我们为什么要对那张画满一面的纸绝望呢? 正如陷入泥沼的时候,首先要摆脱绝望的情绪,只要积极地去用心寻找,就会发现美好的一面。　　(张　洋)

小出租成了大"航母"

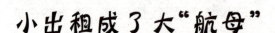

虽然他们和他所处的工作环境有很大不同,但臧勤认为:大家保持快乐心态的道理却是相同的。

有个叫臧勤的 42 岁中年男人,是上海大众新亚出租汽车公司运营分公司的一名普通司机,但他把一辆出租车当做"航母"去经营的传奇，成为人们竞相推崇的"偶像"，就连全球最有名的微软公司，都请臧勤为微软上海分公司的高管人员上MBA课。那天，原定20人的小型"经验交流会"，居然来了50多人，就连楼层的保安也站在门边认真听他讲课。在短短45分钟里，他讲了如何在工作中保持快乐的心态、如何尽快恢复好心情、如何享受生活中的乐趣、如何挖掘美好的事物、如何使用正确的科学方法去工作……臧勤的精彩演讲，被热烈的掌声打断8次之多。

事实上，邀请臧勤讲课的并不止微软一家，此前还有电脑公司、集装箱公司等邀请他讲过MBA课。许多企业老总听了他的授课后，深受启发，多次劝说臧勤跳槽到他们公司，但都被臧勤婉言谢绝了。他对那些老总说："我有自己的'航母'企业，在我的企业里，我就是总裁，而且是很快乐的总裁，我不愿意放弃我的企业，更不愿意放弃这份快乐，因为快乐对我最重要。"

臧勤所在的出租公司，多数司机的月收入仅在3000元左右，而臧勤却不同，他基本每个月的营业额都在1.6万元左右，扣除各项支出后，月收入可达到8000元，有时甚至会达10000元，是上海出租车行业内屈指可数的高薪司机。

臧勤的成功，用他的话说，就是"把出租车当做'航母'去经营"，在工作中，他处处透出一个企业总裁的经营理念，他担任了"企业"的成本核算师、统计师、会计师、风险评估师等，把一个企业该有的程序运用得游刃有余。

单从计价器一项的详细数据记录中，就可以看出他核算的精致：每次载客之间的空驶时间平均为7分钟。乘客上车后，10元起步价大概需要10分钟。也就是说，每做10元生意要花17分钟的成本。根据他的核算，20元到50元之间的生意,性价比最高,如果做 20 元左右的中短途生意,两小时能赚 120 元;做好一个后,就要决定往哪儿拐弯、怎样躲避交通高峰,并通过挑选行车线路来主动选择所载的客人。

臧勤把一个企业中所必需的营销术也参悟得十分透彻,他和乘客之间的良好互动,让乘客心悦诚服。凡是乘坐他车的客人,每个人都和他聊得很愉快,到了目的地后,乘客总会惊讶地说:"奇怪,怎么这么快就到了?"臧勤也会笑眯眯地回答乘客:"咱们这是 20 分钟的缘分哪,不珍惜怎么行呢?"说得乘客连连表示,下次再有机会,还坐他的车。

臧勤做了 17 年"的哥",和乘客聊了 17 年,也让他发展了大批的"回头客",当然也包括大量的外宾。可以这样讲,他现在根本用不着去拉零散的客人,仅长期包租的客户就让他收入不菲,想坐他的车,往往都要提前预约。

在微软上海分公司讲课时,臧勤面对的都是 IT 精英,虽然他们和他所处的工作环境有很大不同,但臧勤认为:大家保持快乐心态的道理却是相同的。

在对臧勤的提问环节中,一位女高管问他:"工作不顺利或者心情不好时,如何才能让自己快乐起来?"

臧勤不假思索地告诉她:"你可以倒一杯咖啡,站到你 23 楼办公室的窗口,然后向下面俯瞰,欣赏街面上的美景,然后你就想,你之所以能够欣赏到如此的美景,是因为微软给了你这样优美的工作环境,才能站得更高看得更远,能欣赏到更美的景色。"

说得那位女高管当场向臧勤深鞠一躬,说道:"听君一席话,胜读 20 年书哪!"

有人向臧勤提问:"你遇到红灯或堵车时却不急不躁,你是怎样保持这种快乐心态的?"

臧勤微微一笑说："这就要求自己学会享受工作带来的美好和快乐。遇到红灯时，把心态放松，放一粒瓜子或者五香豆到嘴中，看看外面的美景，自己这时的感觉，真就像自己开着私家车在马路上兜风。外在环境是不能改变的，最好的办法是改变你自己。"

还有人向臧勤提问："你开了这么多年车，就没遇到过让您不开心的乘客吗？"

臧勤依然微笑道："当然有，但我绝不因此和乘客闹矛盾。我曾拉过一个乘客，到了目的地时，计价器上显示是 20 元钱，可乘客说，他以前同样的距离只有 18 元，既然乘客这样说，我也就没必要因为两元钱和乘客闹得不愉快，最后就收了他 18 元。我是这样想的，自己既然经营的是'企业'，那么乘客就是自己企业的'合作伙伴'，乘客是为了到达目的地，自己则是想赚钱，而双方合作的时间也仅仅只有 20 分钟，自己如果不珍惜这短短 20 分钟的缘分，可能就是这辈子的遗憾，我的心情顿时就快乐了起来。"

又有人提问道："听说你平时喜欢看书，那你看的书和你的工作有必然联系吗？"

臧勤一脸严肃地说："没错，我平时是喜欢看很多的闲书，当然不只是单纯地看一下了事，我要对书中讲的道理和自己经营的'企业'去比较，去思考。像金庸写的《鹿鼎记》，别人可能会当热闹看，而我却不是，我会去研究去思考。尤其是主人公韦小宝，在遇到棘手问题时，他是用了怎样的思维、心态、理念去解决，又是用了怎样的思路和方法去面对，再联系到自己的'企业'，我就会加以提炼，然后运用进去。比如，我去汽修厂修车时，从不去驾驶员休息室看电视喝茶，而是站在旁边观察修车师傅怎样去修车，再针对自己平时遇到的疑难问题，向师傅们请教解决的办法,车修好了,我也学到了很多知识。"

臧勤在谈到自己的快乐是不是也会感染家人时,他很自豪地说:"我喜欢工作,喜欢享受生活,也很喜欢买菜烧饭,更要让我的太太保持年轻漂亮。在外面开车时,我会观察路上女孩子的服装,然后想象我太太穿成什么样,才符合她高贵、文静的气质,并给她提出合理的建议,经常带她去买衣服。我的家庭一直融合在和谐喜气的氛围中。"

臧勤的下一步打算是,要让自己成为全上海最有文化、最有理念、最能让乘客快乐的出租车司机,把小小的出租车做成一个大"航母",从而带动整个同行都能赚更多的钱,让每个乘客坐得都舒心,让自己每天工作都开心,让无限的快乐,弥漫在全上海乃至全中国!

❋ 张达明

🌸 情绪小语 🌸

快乐是我们都渴望的事情,但是很多人在很多时候都忘记了让自己快乐。当遇见一件烦闷的事情,当被老师批评,当和同学相处不好……我们都会忘记快乐,而把自己投进无休止的烦恼中去。有时那些事情已经过去了,只是我们不肯放过它而已。快乐起来吧,让我们的快乐驱散一切烦恼。

(张 洋)

打不过就跑

要拿自己的长处和别人的短处竞争，打得过就打，打不过就跑。

　　曾经问一位企业家朋友，他成功的秘诀是什么。他毫不犹豫地告诉我，第一是坚持，第二是坚持，第三还是坚持。我心里暗笑。没想到朋友还意犹未尽，又"狗尾续貂"了一句，第四是放弃。

　　放弃？作为一个成功的企业家怎么可以轻言放弃？该放弃的时候就要放弃，朋友说，如果你确实努力再努力了，还不成功的话，那就不是你不够努力的原因，恐怕是努力方向以及你的才能是否匹配的事情了。这时候最明智的选择就是赶快放弃，及时调整，及时调头，寻找新的努力方向，千万不要在一棵树上吊死。

　　据说乾隆皇帝曾经在殿试的时候给举子们出了一个上联"烟锁池塘柳"，要求对下联。一个举子想了一下就直接回答说对不上来，另外的举子们还都在苦思冥想时，乾隆就直接点了那个回答说对不上的举子为状元。因为这个上联的五个字以"金木水火土"五行为偏旁，几乎可以说是绝对，第一个说放弃的考生肯定思维敏捷，很快就看出了其中的难度，而敢于说放弃，又说明他有自知之明，不愿意把时间浪费在几乎不可能的事情上。

"童话大王"郑渊洁也曾经说过："每个人都有自己的最佳才能区，除非他是白痴。要拿自己的长处和别人的短处竞争，打得过就打，打不过就跑。"

这句看似"懦弱"的话说得很有道理。首先要"打"，打过了才知道自己的短处和长处，才知道自己是否是人家的对手，努力了之后在取胜无望的情况下作战略性撤退，不作无谓的牺牲，是智者所为。"打不过就跑"，是最容易走向成功的捷径。

❋ 泉 涌

🌀 情绪小语 🌀

逃跑常被认为是懦夫的行为，坚持到底才是众所周知的英雄行径。但是人生不是所有事情都是我们可以应对的，比如说我们确实难以胜任，或者发现面前的路根本走不通，那我们就要敢于放弃。把我们的精力和才华放在应该在的地方，那么才华才不会被辜负，我们才能够事半功倍地实现梦想。

（张 洋）

堵车的启示

我简直不敢相信，耽搁了 55 分钟，我竟然没有急得发疯。

我是一个没有耐心的人，我要求和我交往的人也必须雷厉风行，不然的话，我就不高兴。我从不错过时间，约会从不迟到，上帝帮助了每一个在超级市场排队算账时想要插到我面前的人。

我这样谈自己的不耐心，也许你可以想象，当我碰上了交通阻塞时，是个什么样子了。这事发生在南佛罗里达州靠近我的家乡的山路上，一位年轻人在防栅旁拦住了我，告诉我可能要耽搁半个小时。"为什么要耽搁？"我问。"因为路被挖开了，"他回答说，"我们在装水管。""见他的鬼吧，排水管。"我说，情绪马上低落了。

他耸耸肩："那你就绕过去吧。"

我觉得他的话也有些道理。我还不太清楚这个坑的情况，但是我相信我不会掉进坑里去的。

接下来的 5 分钟是在烦乱中度过的：文件在我的手提箱里，收音机和一些东西在工具袋里，我把所有的东西拿出来又放回去，然后长吁短叹地盯着窗外。

不一会儿，在我的车后停了一大串汽车，司机们纷纷下车。看来那小伙子的主意不是个坏主意，我该试试，总比坐着干等强。

就在这时，一个年龄比较大的人走过来，说："真是个阳光明媚的早晨。"他穿着工装裤，花格子衬衫，像是开出租车的。

我看看四周，远处朦胧的溪流从圣·莫尼克大山上流下来，银灰色的水线接着蓝天，是个开阔清爽的秋天的大自然。"不错。"我说。"下大雨的时候，瀑布就会从那边流下来。"他指着一块凹进去的断崖接着说，"我想起我好像也见过洪水从那块断崖上倾泻下来，在山脚下激起很高的浪花。我很可能只是急急忙忙地经过这里时匆匆地看了一眼。"

一位年轻的姑娘从车上下来问道："有上山的路吗？"老人大笑着说："有几百条，我在这里已经 22 年了，还没有走完所有的路。"我想起这附近有个公园，里面有一块很凉爽的地方。在一个炎热的夏日里，我曾经在里面散步。"你看到那只山狗了吗？"一个穿着大衣打着领带的年轻人叫了起来，吸引了那位女士的注意力，"在那里！我看见了。"她突然大叫起来。

年轻人兴奋地说："冬天快来了，它们一定在贮存食物。"

司机们都跑了出来，站在路边看。有些人拿出照相机拍照，耽搁变成了愉快的事。我记得上次洪水暴发的时候，道路被淹没，电线被破坏。我的邻居们，有些聚在一起议论纷纷，有的点上灯笼一起喝酒聊天，还有的就一起烤东西吃。

是什么把我们聚在一起了呢？要不是风在呼啸，洪水暴发，或交通阻塞，我们怎么会把时间分配在这里和人交谈呢？这时，一个声音从防栅那边传过来："好了，道路畅通了！"我看了看表，55 分钟过去了。我简直不敢相信，耽搁了 55 分钟，我竟然没有急得发疯。

汽车发动起来了。我看见那位年轻姑娘，正把一张名片递给那位打领带的小伙子。也许他们将来还会在一起散步。

那位老人向出租车走去时,向我挥了挥手。"嗨!"我叫道,他转过身。"你说得对,"我说,"是个阳光明媚的早晨。"

❋ [美]阿尔·马丁内斯　李　玫/译

🌀 情绪小语 🌀

遭遇不顺心的事情总是会让人觉得烦恼,但是这丝毫不能帮助我们解决问题,只会让我们沉重的心情愈加沉重。世界上其实有很多美好的事情,可以借助他们转移一下我们的视线,等我们回过神来的时候,或许就已经"雨过天晴"了,那时候心情就会像天边的彩虹那般美好。

(张　洋)

苹果被冰雹砸伤之后

农夫这则绝妙的广告起到了神奇的效果,他的苹果不仅没有滞销,而且比往年销得还好。

有个专门种苹果的农夫,他种的苹果色泽鲜艳,美味可口,供不应求。

这一年,一场突如其来的冰雹把大多数苹果都砸伤了,即将成熟的苹果上留下了一道道的疤痕。这对农夫来说无疑是一场毁灭性的打击,这样的苹果,销售商怎么能够接受呢!苹果无法销出,就得赔款。

但乐观的农夫想到了一个绝妙的办法。他在苹果的包装上打出了这样的广告词:

> 亲爱的顾客,您注意到了吗?在我们脸上有一道道的疤痕,这是上帝馈赠给我们高原苹果的吻痕——高原上常有冰雹,因此高原苹果才有美丽的吻痕。如果你喜爱高原苹果的美味,那么请记住我们的正宗商标——疤痕!

农夫这则绝妙的广告起到了神奇的效果,他的苹果不仅没有滞销,而且比往年销得还好。

🌸情绪小语🌸

有些看似糟糕的事情其实并不一定很糟糕,这就要看我们怎样去看待它、解决它。如果我们只是怨天尤人,不去寻求解决办法的话,那就只能够看着"糟糕"一天天变得更糟。相反,如果我们能用乐观的心态去面对,再动动脑筋,或许糟糕的事情就会得到好转。

(张 洋)

罗纳尔多的龅牙

我们是不是也有刻意隐瞒，不敢示人的"龅牙"呢？

被称为外星人的罗纳尔多也许是世界上令后卫最头痛的前锋。足球场上，他精准的射门，惊人的启动速度，以及那种无时无刻不在的霸气，足以让每一个后卫恐惧。

可又有谁知道，开始学踢球时，尽管他有非凡的踢球天赋，但他的表现却让人担忧。因为只要一上场比赛，他就紧闭着嘴唇，他宁愿把奔跑的速度放慢，也不愿意把嘴巴张开自由地呼吸，让人看到他那口龅牙。直到后来，有位细心的教练发现了这个问题，他拍了拍罗纳尔多的肩膀说："罗尼，你的龅牙不是你的错，在场上你应该忘记你的龅牙。你只有在球场上取得成功，才能让别人眼中只有你精湛的球技而忘记你相貌上的缺点。不然，你的缺点永远在别人的眼中。"

从此以后，罗纳尔多在踢球时不再刻意隐瞒自己的龅牙，他张开嘴巴自由呼吸。奇迹出现了，罗纳尔多的球技突飞猛进，并在 18 岁时就进了巴西国家队，夺得了世界杯，不到 20 岁就获得了世界足球先生的称号。

罗纳尔多功成名就后，再也没有人提起他的龅牙很难看，反倒有很多人认为罗纳尔多的龅牙很性感。

我们是不是也有刻意隐瞒，不敢示人的"龅牙"呢？

其实在许多时候，正是一些自以为"羞于见人"的缺陷，成了束缚我们成功的瓶颈，我们只有对自己的"龅牙"表示不在意，才有可能成为另一个足球场上的罗纳尔多。

 阿 翔

❀情绪小语❀

每个人都有自己的缺陷。如果耗费精力去掩盖自己的缺陷，有时候还会让缺陷无限放大。我们要努力发挥自己的优点，让它们发挥出应有的作用，让自己变得优秀起来。而那时候，我们的缺陷在别人眼里也许就是"断臂维纳斯"的那种"缺陷美"了。

(张 洋)

要想到自己的翅膀

所有的人都要想到自己的翅膀，要向上高飞。

一年冬天，俄国大文豪列夫·托尔斯泰的女婿去看望他，只见托尔斯泰全神贯注地望着窗外，便问岳父在看什么。托尔斯泰回答说："我在看大树枝上的乌鸦，现在这只乌鸦就是我的老师。"

托尔斯泰的女婿听了，感到不甚理解。托尔斯泰解释说："因为它教会我如何生活。"

托尔斯泰顿了顿,接着说:"原因是这样的,今天早晨,我心情特别沉重,我为我们家庭的不和睦而难过。我觉得我生活中的一切都不理想,处境困难,连出路都没有了。于是,我来到这儿,开始思考:我该怎么办?可是,我一点儿好办法也没想出来。我望着窗外,突然看见了我的朋友——这只乌鸦。它飞到树枝上,又开始走动起来。当它走到枝头,面临危险时,便将翅膀一张,向上飞起。我头脑中马上闪现出一个念头:我不是也应该像乌鸦那样去做吗?当生活不如意、处境很困难时,也应该向上飞。于是,我做了尝试。我设想我在向上飞起,飞越所有使我苦恼、使我难过的事情。当我想到自己像只鸟儿一样展翅高飞时,我心里就觉得平静、舒服多了。"

"我劝所有的人都要想到自己的翅膀,要向上高飞。"托尔斯泰继续说,"有的小人物有时看来完全缺乏意志力,一事无成,可是一旦时机来到,他突然建树了伟大的功绩。这就是他的翅膀的作用,翅膀的力量。"

托尔斯泰的女婿听了后,恍悟其中之理,深受启发和鼓舞。

朋友,当你生活不如意、工作不顺利、处境困难时,你想到自己的翅膀了吗?

❀ 曾昭安

🌀 情绪小语 🌀

每个人都有一双隐形的翅膀,只是很多人不知道怎么去运用它。当遇到困难、生活不顺心时,我们就要挥动翅膀,远离这些烦恼,去寻找快乐和希望。只要我们有一颗上进的心和积极的态度,忧愁就阻碍不了我们前进的步伐。

(张 洋)

失败者也能成为偶像

> 人就像一个气球,使劲往上抛时可以把球送上高处,狠狠往下砸时,利用反弹力,同样可以把球送到高处。

第一年高考他以两分之差落榜了。他成为村里人茶前饭后谈论讥笑的对象。

第二年他又重新收拾书本加入复读的千军万马之中,在独木桥上拿命运下赌注,可惜又以 12 分之差落榜。走在村里,许多人在他背后指指点点,说他在学校不好好学习,逃课、上网、玩游戏,如果他能考上大学,村里放羊的孩子早就成为大学生了。他成为许多家长教育孩子的反面教材。

对此,他只是淡淡地一笑了之。后来他悄悄南下深圳打工,从此杳无音信。这更加增加了村里人讥笑他的谈资,说他没有骨气,只会逃避,不知道为家里人争一口气。

一年里,他没给家里打一个电话,更没有写一封信。春节期间,村里许多在外地打工的人纷纷带着大把大把的钞票衣锦还乡,唯独没有他的任何消息。村里人又开始猜测他在外面干了坏事被抓起来判了刑,渐渐疏远了他家。

这让他的父母亲非常难过,认为不争气的儿子给他们脸上抹黑。在人前总抬不起头来。

第一年没有他的任何消息，第二年还是没有他的任何消息。他的反常举动更加助长了那些无事生非的人的妄自猜测，有的人甚至传出谣言说他早已死了。望眼欲穿的家人常常为他掉泪，年迈的母亲生了一场大病。第三年开春的时候，家里人突然收到一笔汇款，整整 10000 元！这让半辈子从没见过这么多钱的父母着实吓了一大跳，整天寝食不安，为他捏一把汗。尽管父母嘴上什么都不说，心里也在猜测，他是不是真像村里人说的那样在干什么违法的事情。

不久他写来一封信，信上说他在一家电脑公司打工，年薪 40000。他的信和汇款在村里炸开了锅，让为他担心的父母有了扬眉吐气的感觉。他家里率先装上了电话，买了彩电、冰箱等电器。有的人开始羡慕他，也有人仍然在怀疑他。

有了电话后他经常给家里打电话，询问村里有多少人外出打工，有多少人赋闲在家。他让父母挨家挨户询问有谁愿意到广州打工，每月工资不少于 1500 元。如果有人愿意南下，他可以介绍工作，不过要一次性收取 500 元信息费。在当地打工一个月最高工资也不过六七百元，每月不低于 1500 的工资相当有诱惑力。他的信息无疑给正愁没地方挣钱的村里人指明了一条致富的道路。

当确定有 30 多人愿意南下打工后，他乘飞机回到家乡，与愿意外出的人签了合同，保证每月管吃管住月薪不低于 1500 元，等他们拿到薪水后一次性付他信息费 500 元。尽管有的人说他精明不够义气，但丰厚的待遇确实让他们眼红，都乐意跟他南下。

一年后，跟他南下的人都发了财，一年内挣到了在老家几年都挣不到的钱。当然，他也从中赚了 1000 多元的信息费。精明的他仔细比较了南方和西部的差异，南方劳动力紧

张，且待遇高，西部待遇低劳动力过剩且找不到工作，如果把那些赋闲在家的人全部介绍到南方，收取一定的信息费，既解决了两地劳务难题，又互惠互利。于是，他辞掉了电脑公司的工作，成立了一家中介公司。他成为方圆几十里家长教育孩子的正面典型，他们说得最多的一句话是："瞧，人家不上大学照样成为老板！"

在短短的 3 年时间里他把劳务输出的业务从家乡的小镇扩展到全县，输出劳动力 1000 多人，成了百万富翁，在南方买了房还买了私家轿车。他又捐出 20 多万更新改造了家乡的学校，当地政府表彰他为致富明星、经济发展功臣。

新校落成典礼那天，他做了一个简短的报告，有一段话是这样说的：人就像一个气球，使劲往上抛时可以把球送上高处，狠狠往下砸时，利用反弹力，同样可以把球送到高处。只要正确看待别人的打击和取笑，失败者也可以成为偶像。

❀ 马国福

情绪小语

人生不可能一帆风顺，我们在成功的道路上，可能要面对无数次失败的洗礼。但是有时候不但要承受失败的打击，还要承受外界的指责和压力，这就需要我们有坚强的承受力和良好的心态。

（张　洋）

在困境中找出希望

他强忍住愤怒又惊慌的情绪，并思索该如何应付接下来的场面。突然，脑中灵光一闪，他已胸有成竹。

一位年轻的美国人，立志要成为优秀的牧师。要想成为牧师，首先得参加牧师资格考试。为了准备考试中现场演说的演讲稿，他半个月前就离家到考试地点附近的旅店住下，全身心地投入到写作之中。写好后，他每天不停地朗诵，早也念，晚也念，最后整篇文稿都可以倒背如流了。

到考试那一天，经过抽签，他抽到最后一个上台。他先坐在台下，观摩其他应考者的演说。终于，只剩下两个人了。他盯着台上的演讲者，惊讶地发现，台上那个人演讲的内容居然跟他的稿子一模一样！这是怎么一回事？

他终于想起来了，那个人就住在他隔壁的房间。原来，他辛苦创作、每天朗诵的讲稿内容被那个人剽窃了。下一个就轮到自己上台了，该怎么办呢？

他强忍住愤怒又惊慌的情绪，深吸一口气，让自己慢慢平静下来，并思索该如何应付接下来的场面。突然，脑中灵光一闪，他已胸有成竹。

轮到他上台时，他说："要当一名好的牧师，最重要的是必须有超强的记忆力，耐心、用心的倾听。现在，我将为各位复诵一遍上一位演说者的内容。"接下来,他不慌不忙地演讲起那篇在他心中早已滚瓜烂熟的稿子,比上一位出彩多了。这另类的表现方式,获得全场热烈掌声。当然,他通过了考试。

人生在世,总会遇到不可预知的突发情况。在困窘面前,生气、焦虑、埋怨都不能从根本上解决问题。山重水复疑无路,柳暗花明又一村。唯有静下心来,在困境中找出希望,才能出奇制胜,成为最后的赢家。

 黄阔登

情绪小语

困难来的时候,如果不停地抱怨或是消极逃避,那么困境就会一步一步地向我们紧逼。这个时候,需要我们冷静下来,乐观一点,仔细思考,努力寻找,就一定会发现荆棘之中透过的光亮——那就是希望。

(张 洋)

你努力了吗

无论何时,只要你努力尝试,就不会失败。

1927 年,美国的阿肯色州密西西比河大堤被洪水冲垮,一个 9 岁的黑人小男孩的家全葬入水底,幸好在洪水即将吞噬

068

男孩的一刹那,母亲用力把他拉上了堤坡。

1932年,男孩8年级毕业了,但阿肯色城的中学不招收黑人,他要到芝加哥城读中学,可是家里没有那么多钱。这时,母亲作出了一个惊人的决定,让男孩复读一年,而她为整整50名工人洗衣、熨衣和做饭,为孩子攒钱上学。

1933年夏天,家里凑足了那笔血汗钱,母亲带着男孩踏上火车,奔向陌生的芝加哥。在芝加哥,母亲靠当佣人谋生。男孩以优异的成绩中学毕业,后来又顺利地读完了大学。1942年,他开始创办一份杂志,但最后一道障碍,是缺少500美元邮费,向可能的订户发函。一家信贷公司愿意借贷,但有个条件,得有一笔财产做抵押。母亲曾分期付款好长时间买了一批新家具,无疑这是她一生最心爱的东西了。但她最后还是同意将家具做抵押。

1943年,那份杂志获得了巨大成功。男孩终于能做自己梦想多年的事了:将母亲列入他的工资花名册,并告诉她算是退休工人,再不用工作了。那天,母亲哭了,那个男孩也哭了。

后来,在一段反常的日子里,男孩经营的一切仿佛都坠入谷底,当时的巨大困难和障碍让男孩觉得仿佛已无力回天。他心情忧郁地告诉母亲:"妈妈,看来这次我真要失败了。"

"儿子,"母亲说,"你努力试过了吗?""试过。""非常努力吗?""是的"。"很好。"母亲以断然的语气结束谈话,"无论何时,只要你努力尝试,就不会失败。"果然,男孩渡过了难关,攀上了事业的新峰巅。这个男孩就是驰名世界的拥有三家无线电台的美国《黑人文摘》杂志创始人、约翰森出版公司总裁约翰·H.约翰森。

崔鹤同

🌸 情绪小语 🌸

    当事情看上去毫无转机的时候,我们是否尽了最大的努力?答案往往是否定的,其实只要全力以赴去解决问题,总会找到办法。所以,不要轻易放弃自己的希望,收拾好心情,把所有的精力投入困境的"战斗"中吧。

(张 洋)

第**4**辑

快乐是最好的药

据一个民意测验显示，
欧洲某个岛国的人是世界上最快乐的人，
82%的国民表示满意自己的生活。
你知道吗？ 其实那里的自然条件很恶劣，
白天的时间也远远少于黑夜。
那么他们为何还那么快乐呢？
原来，他们并没有抱怨自然环境，
而是打开心胸，以乐观、快乐的态度对待生活中的问题。
一个聪明的人，他会用100%的心去寻找快乐。
快乐是最好的药，而且没有副作用。
让我们拥有一颗快乐的心吧。

快乐是最好的药

不存在什么命中注定的受害者，每个人都是自己命运的主宰。

　　美国的盖洛普民意测验组织，对世界上 18 个国家的人做了一次关于"你是否快乐"的抽样调查。参加测试的人数近 27 万，结果表明，某岛国的人民是世界上最快乐的人，82％的岛国人表示满意自己的生活。

　　那个岛国位于寒冷的北大西洋，也是世界上活火山最多的国家之一，还有 4536 平方英里的冰川，堪称"水深火热"；冬天更是长夜漫漫，每天有 20 小时是黑夜，真可谓是"暗无天日"。可是，就在如此恶劣的生存条件下，岛国人的平均寿命雄踞世界之首。

　　心理学家索罗尔非认为，岛国人的快乐，是因为他们学会了与恶劣的大自然相处之道——艰难困苦教会了他们如何打开心胸，从而对生活中的问题抱以宽容。

　　我曾经接触过该岛国的一位学者。在他看来，如果你自己好了，周围的一切都将是好的。他是个酒鬼的儿子，但是他没有沉沦，最初靠打鱼为生，因为后来觉得"中国菜好吃"——就这么一个简单的理由，让他喜欢上了中国的文化……他说，不

存在什么命中注定的受害者，每个人都是自己命运的主宰，每个人都可以通过改变对世界的看法来改变自己的命运。在岛国，"愚蠢"的同义词是"多虑"或"心胸狭隘"。

我有些不理解，那位学者笑着问我："一个人如果只发挥了10%的聪明才智，那剩下的90%都干什么用？"

我困惑地摇头，他幽默地回答："找阿司匹林治头痛！"因为一个聪明的人，他会用100%的心去寻找快乐。快乐是最好的药，而且没有副作用。最具智慧的人才会算好这笔账，但很多人不懂这些。

最傻的不是白痴，而是不快乐的人。快乐的人有开阔的心胸，通过改善心理状态，让自己眼前明亮起来，并且看到未来的光辉。如果说，这世界上有什么最宝贵的珍藏，那就是——每个人都有一颗快乐的心。

❋ 罗 西

🌀 情绪小语 🌼

快乐比金子还宝贵，因为它不但可以使你远离疾病，远离悲伤，还可以让我们体会到生命的乐趣。快乐可以使我们的人生处处都有美丽的风景。我们需要快乐，也应该快乐，不要用痛苦去折磨自己。无论经受多大的坎坷，都要选择快乐，因为它是医治"不幸"的一剂良方。

（陈　军）

降低快乐的标准

快乐像跳高，跳杆越低，我们就会越轻松，越无所畏惧。

澳大利亚举办奥运会的时候，在这片土地上发迹的媒体大亨默多克当然会去捧场。

在现场，默多克发现座位底下散落着一枚硬币，他站起身来，然后蹲下，捡起了那枚硬币，脸上带着微笑。

这则细节被媒体爆炒，但我只记住了默多克的微笑，拥有亿万资产的他却为捡到一枚硬币而微笑。

香港的记者曾问过富豪李嘉诚："君以为一生之中，最快乐的赚钱一刻是何时？"李说："开一间临街小店，忙碌终日，日落打烊时，紧闭店门，在昏暗灯下与老伴一张一张数钞票。"

李嘉诚的答案令记者措手不及。但这真是妙答啊，一点都不做作，谁都会对这样的快乐会心一笑。

快乐的标准是一根可以无限拉伸的橡皮筋，你的欲望越大，它拉得就越长，快乐的标准也就越高。默多克、李嘉诚是智慧的，把快乐的标准降下来，降到人人都拥有的境地，那就快乐了。

马来西亚还有位华籍企业家谢英福，当时马来西亚有一家国营钢铁厂经营不景气，亏损高达 1.5 亿元。首相马哈迪找到他,请他担任公司总裁,他不假思索地答应了。在别人看来,这是一个错误的决定,因为钢铁厂债重难还,生产设备落后,员工凝聚力涣散,这是一个巨大的洞,根本无法填平的洞。

但谢英福却坦然对媒体说:"当年我来到马来西亚时,口袋里只有5元钱,这个国家令我成功,现在我要报效这个国家,如果我失败了,那就等于损失了5元钱。"

年近六旬的谢英福从别墅里搬出来,住进了那家破败的钢铁厂,三年后,工厂起死回生,开始大量创造财富。

5元钱每个人都拥有,但当你拥有1万元、100万元、1000万元的时候,还会以5元的标准来衡量自己的快乐吗?

快乐像跳高,跳杆越低,我们就会越轻松,越无所畏惧。

❋ 流 沙

情绪小语

很多人把快乐的标准定得如同天空中的风筝那么高,而自己永远也追不到,于是,总感觉生活中充满缺憾和失望。而真正聪明的人,则很容易满足,也许只得到一个肯定、一个拥抱,甚至仅仅一个微笑,就会觉得幸福。这么一来,快乐就会每天伴随在我们左右。

(陈 军)

什么都快乐

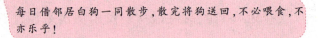

每日借邻居白狗一同散步,散完将狗送回,不必喂食,不亦乐乎!

清晨起床,喝冷茶一杯,慢打太极拳数分钟,打到一半,忘记如何续下去,从头再打,依然打不下去,干脆停止,深呼吸数十下,然后对自己说"打好了"! 再喝茶一杯,晨课结束,不亦乐乎!

静室写毛笔字,磨墨太专心,墨成一缸,而字未写一个,已腰酸背痛。凝视字帖十分钟,对自己说:"已经写过了!"绕室散步数圈,擦笔收纸,不亦乐乎!

枯坐会议室中,满堂学者高人,神情俨然。偷看手表指针几乎凝固不动,耳旁演讲欲听无心,度日如年。突见案上会议程式数张,悄悄移来摺纸船,船好,轻放桌上推来推去玩耍,再看腕表,分针又移两格,不亦乐乎!

山居数日,不读报,不听收音机,不拆信,不收信,下山一看,世界没有什么变化,依然如我,不亦乐乎!

数日前与朋友约定会面,数日后完全忘却,惊觉时日已过,急打电话道歉,发觉对方亦已忘怀,两不相欠,亦不再约,不亦乐乎!

雨夜开车,见公路上一男子淋雨狂奔,煞车请问路人:"上不上来,可以送你?"那人见状狂奔更急,如夜行遇鬼。车远再回头,雨地里那人依旧神情惶然,见车停,那人步子又停并做戒备状,不亦乐乎!

四日不见父母手足,回家小聚,时光飞逝,再上山来,惊见孤灯独对,一室寂然,山风摇窗,野狗哭夜,而又不肯再下山去,不亦乐乎!

逛街一整日,购衣不到半件,空手而回。回家看见旧衣,备觉件件得来不易,而小偷竟连一件也未偷去,心中欢喜,不亦乐乎!

匆忙出门,用力绑鞋带,鞋带断了,丢在墙角。回家来,发觉鞋带可以系辫子,于是再将另一只拉断,得新头绳一副,不亦乐乎!

厌友打电话来,喋喋不休,突闻一声铃响,知道此友居然打公用电话,断话之前,对方急说:"我再打来,你接!"电话断,赶紧将话筒搁在桌上,离开很久,不再理会。二十分钟后,放回电话,凝视数秒,厌友已走,不再打来,不亦乐乎!

上课两小时,学生不提问题,一请二请三请,满室肃然。偷看腕表,只一分钟便将下课,于是笑对学生说:"在大学里,学生对于枯燥的课,常常会逃。现在反过来了,老师对于不发问的学生,也想逃逃课,现在老师逃了,再见!"收拾书籍,大步迈出教室,正好下课铃响,不亦乐乎!

黄昏散步山区,见老式红砖房一幢孤立林间,再闻摩托车声自背后羊肠小径而来。主人下车,见陌生人凝视炊烟,不知如何以对,便说:"来呷蓬!"客笑摇头,主人再说:"免客气,来坐,来呷蓬!"陌生客居然一点头,说:"好,麻烦你!"举步做入室状。主人大惊,客始微笑而去,不亦乐乎!

每日借邻居白狗一同散步,散完将狗送回,不必喂食,不亦乐乎!

交稿死期已过，深夜犹看《红楼梦》。想到"今日事今日毕"格言，看看案头闹钟已指清晨三时半，发觉原来今日刚刚开始，交稿事来日方长，心头舒坦，不亦乐乎！

晨起闻钟声，见校方同学行色匆匆赶赴教室，惊觉自己已不再是学生，安然浇花弄草梳头打扫，不亦乐乎！

每周山居日子断食数日，神智清明。下山回家母亲看不出来，不亦乐乎！

求婚者越洋电话深夜打到父母家，恰好接听，答以："谢谢，不，不能嫁，不要等！"挂完电话蒙头再睡，电话又来，又答，答完心中快乐，静等第三回，再答。又等数小时。而电话不再来，不亦乐乎！

有录音带而无录音机，静观音带小匣子，音乐由脑中自然流出来，不必机器，不亦乐乎！

回家翻储藏室，见童年时玻璃动物玩具满满一群安然无恙，审视自己已过中年，而手脚俱全，不亦乐乎！

归国定居，得宿舍一间，不置冰箱，不备电视，不装音响，不申请电话。早晨起床，打开水龙头，发觉清水涌流，深夜回室，又见灯火满室，欣喜感激，但觉富甲天下，日日如此，不亦乐乎！

（台湾）三　毛

情绪小语

总是有人在寻找快乐，但是又总是找不到快乐。其实，快乐就在我们日复一日的寻常生活中，只是我们从来就没有在意蕴含在那平凡生活中的点滴之美。不信的话，现在起，就在身边仔细找找吧。

（陈　军）

快乐是由什么决定的

"我曾经被人家敲过脑袋、骂过脏话、摔过房门，但说到拒绝，我却从来没有遇到过啊。"

甲应该是世界上最快乐的人，因为他有一个令所有男人都羡慕眼红的温柔、善良、娇艳的未婚妻；乙也应该是世界上最快乐的人，因为他是天下武功第一人，纵横驰骋，号令群雄，是个真英雄。但甲并不快乐，因为，他梦寐以求的是做天下武功第一人，睥睨世间豪杰；乙也不快乐，因为，他不可救药地爱上了甲的未婚妻，为了她，可以舍弃一切。

于是，甲渐渐地忽略了身边娇柔的未婚妻，全身心地钻研他的武功；乙渐渐地忽略了他的武功修为，整日缠绵于对意中人的刻意追求中。

后来，甲成为武林至尊，代价是失去了倾国倾城的未婚妻；乙也以他的至诚，最终赢得美人心，代价是失去了武林盟主的尊崇。

此时，甲和乙都认为自己是普天之下最快乐的人。

……

A 是一个新出道的推销员，非常不幸，他碰了太多次的钉子，沮丧气馁到了极点。

B 是一个老资格的推销员，非常幸运，他成功了一次又一次，业绩显著，无人能比，开心快乐到了极点。

新推销员向老推销员请教："为什么每一次我好不容易敲开客户的房门，都会遭到他们无情的拒绝？"

"我也搞不懂怎么会这样，"老推销员诚挚地回答道，"我曾经被人家敲过脑袋、骂过脏话、摔过房门，但说到拒绝，我却从来没有遇到过啊。"

他们遭遇的情况其实是完全一样的，但一个伤心至极，一个开心至极。其实，在很多情况下，面临什么样的事情并不重要，重要的是我们如何去感受所面临的事情。

而快乐与否，恰恰是由你的感受所决定的。

❀ 尹玉生

情绪小语

我们可能已经拥有了很多，却觉得并不快乐，而其实，我们也是被人羡慕着的。很多时候，我们不快乐并不是我们拥有的太少，而是因为我们没有用心去感受自己的快乐。想想吧，有多少家庭穷困的小朋友渴望我们的学堂，又有多少缺少温暖的人羡慕我们拥有的阳光，与他们相比，我们还有那么多不快乐的理由吗？

（张 洋）

鲍威尔的快乐

她非但不抱怨生活，反而从残缺的生活中不断获取乐趣。

　　有位叫鲍威尔·达尔的美国妇女，她的一只眼睛从小失明，另一只眼睛的视力也极差，近乎盲人，但她从来不愿生活在别人的同情中。小的时候，她很想和别的孩子一起玩"跳房子"的游戏，却看不到地上画的线。于是，她便独自趴在地上找啊找，并记下每条线的确切位置，然后再和小伙伴们一起玩，居然成了小伙伴中的"跳房子专家"。鲍威尔·达尔非常喜欢读书，但是非常吃力，眼睛几乎要紧贴到书上才能够看见。尽管如此，她一直坚持学习，后来竟成了某名牌大学的文学硕士，并成为某学院的新闻与文学教授。

　　那么，是什么力量支撑着鲍威尔·达尔，让她克服了常人难以想象的困难，达到了人生辉煌的境界呢？人们一定会这样想：是她不向命运屈服和超强的勇气、毅力等。然而，事实却并非如此。鲍威尔·达尔在自己的著作《我想看》中这样写道："在我内心深处，一直隐藏着对眼盲的恐惧，于是我选择了快乐近乎嬉闹的生活态度。"正是这种生活态度，使她觉得，自己只要趴下能看清地上画的线，把书举到眼前能阅读，就胜于盲人百倍。因此，她非但不抱怨生活，反而从残缺的生活中不断获取乐趣；因此，她快乐地生活着，并一步步走向人生辉煌。

与这位鲍威尔·达尔相比，我们大多数人无疑是幸运的，因为我们的眼睛可以清楚地看清一切。但是，我们是否也能像她那样时时生活在快乐之中呢？想一想。

❋ 赵 晶

🌸情绪小语🌸

我们总是喜欢拿自己和别人做比较，而这个比较对象又往往是幸运儿。没有人会拿自己和一个"倒霉蛋"相提并论，所以我们对幸福的期待便会更多。很多人不明白，对于那些看不到光明的人来说拥有光明已很幸福；对于那些饥寒露宿的人来说吃饱穿暖已很幸福——我们已经很幸福了，那就让我们更快乐些吧！

（张 洋）

快乐即成功

快乐是世间成本最低、风险也最低的成功。

上个世纪初，一位少年梦想成为帕格尼尼那样的小提琴演奏家，他一有空闲就练琴，练得心醉神痴，却进步甚微，连父母都觉得这可怜的孩子拉得实在太蹩脚了，完全没有音乐天赋，但又怕讲出真话会伤害少年的自尊心。

有一天，少年去请教一位老琴师，老琴师说："孩子，你先拉一支曲子给我听听。"少年拉了帕格尼尼24首练习曲中的第三支，简直破绽百出，不忍卒听。一曲终了，老琴师问少年："你为什么特别喜欢拉小提琴？"少年说："我想成功，我想成为帕格尼尼那样伟大的小提琴演奏家。"老琴师又问道："你快乐吗？"少年回答："我非常快乐。"老琴师把少年带到自家的花园里，对他说："孩子，你非常快乐，这说明你已经成功了，又何必非要成为帕格尼尼那样伟大的小提琴演奏家不可呢？在我看来，快乐本身就是成功。"

少年听了琴师的话，深受触动，他终于明白过来，快乐是世间成本最低、风险也最低的成功。倘若舍此而别求，就很可能会陷入失望、怅惘和郁闷的沼泽。少年心头的那团狂热之火从此冷静下来，他仍然常拉小提琴，但不再受困于帕格尼尼的梦想。这位少年是谁？阿尔伯特·爱因斯坦，他一生仍然喜欢小提琴，拉得十分蹩脚，却能自得其乐。

❋ 霞　飞

🌸 情绪小语 🌸

很多事情，我们不必非要追求成功的结果，而应学会享受过程中的乐趣。因为有时候，成功与否不是我们所能完全控制的，而做事过程中是否愉悦却是我们能把握的。只要做一件事时，我们是开心快乐的，不管结果如何，我们都是成功的。　　（张　洋）

羚羊的快乐

没有一种动物是无敌的,总会受到别人的欺负,关键是要摆平心态,快乐地生活。

在辽阔的热带草原上生活着各种各样的动物,羚羊是这个大家族中的一员。羚羊看起来是弱小的,时时处于被食肉动物猎杀的危险状态中;就是在食草动物中,它们也常常处于劣势,较小的体形促使它们一次次地放弃甜美的草。

一只小羚羊不解地问母亲:"为什么狮子爱追杀我们?"母亲回答:"狮子是万兽之王,它们太凶狠啦!"小羚羊又问:"为什么猎豹和猎狗也捕捉我们?"母亲回答:"它们有锋利的牙齿,不好对付。"小羚羊仍在追问:"那为什么野狗也敢欺负我们?"母亲回答:"它们成群结队,也不好惹。"小羚羊叹道:"我们真可怜!"

有一天,小羚羊又问母亲:"大象、斑马和我们一样都吃草,为什么我们要把甜美的草让给它们?"母亲解释:"它们的体形都比我们大,我们挤撞不过它们,只有让。"小羚羊叹道:"我们可真够倒霉的,为什么我们非要做羚羊!"母亲说:"孩子,没有一种动物是无敌的,总会受到别人的欺负,关键是要摆平心态,快乐地生活。"小羚羊不懂。母亲说:"以后我带你四处看看，你就明白啦！"

之后，母亲一有机会，就带着小羚羊躲在草丛中观看一幕幕"特别"的场景：狮子被斑马踢得浑身是伤，几条野狗从花豹嘴边抢夺猎物。

小羚羊一次次看得目瞪口呆，母亲问："孩子，看过这些场面，你还觉得自己可怜吗？"小羚羊说："原来，每种动物都有受别人欺负的时候，看来，谁都活得不轻松！"母亲说："确实如此，没有一种动物是唯我独尊的，但每种动物都快乐地生存着。我们虽然弱小，但我们有自己的优势——我们会跳，我们能跑，如此辽阔的草原，到处有我们的生存空间。所以，我们要快乐地生活！"

❋ 周 慧

🌀 情绪小语 🌀

我们总觉得别人嘴里的糖是最甜的，但是我们只看到了人家吃糖的甜美表情，而忽略了别人获得糖的幸苦历程。每个人都有自己的烦恼，每个人也都有自己的快乐。不必一味地去羡慕别人的幸福，我们也有自己独有的幸福和快乐，只要肯用心地去品味，就一定能感受到。

（张 洋）

在希望中快乐

海蒂永远不会知道正是她的五毛七分小钱奠定了大教堂的基石，实现了一个宏大的愿望。

　　博物学家威尔森的书中记载了这么一件事。1883年8月27日，克拉克托岛上的火山爆发，不但死了三万人，整个岛上的生物也全部死光，还引起了一连串的海啸。九个月后，一支法国探险队上岛搜寻有没有任何生命迹象，结果整个荒凉的岛上，只发现了一只很小的蜘蛛，就它一只而已，正在织网。这只小蜘蛛是乘着风降落在岛上的。整个岛上就它一个而已。一只可怜的小蜘蛛，命运给它开了这么个玩笑，它却没有抱怨，没有坐以待毙，而是努力去做自己能做的事——织网。这可敬的蜘蛛正用他所能为的努力赢取生存的希望。

　　费城有个叫海蒂的小女孩，去教堂参加活动，由于教堂太小，容不下太多人，她和许多小孩都无法参加活动，失望的离去。两年后，海蒂因病去世。父母在她的枕头下发现一个破旧的小钱包，里面装着她攒下的五毛七分钱，另外还有一张纸条，写着："这笔钱用来盖大一点的教堂。"海蒂的事感动了很多人，他们纷纷为新教堂提供土地和资金。今天，费城的教堂座位可容纳3300人。海蒂永远不会知道正是她的五毛七分小钱奠定了大教堂的基石，实现了一个宏大的愿望。

在我们人生旅途中总会遇到阴天雨天，我们以为看不到未来，我们觉得前途渺茫，我们悲伤、焦虑、恐惧，甚至绝望，可那有什么用呢？还不如在心底坚定不移地高举希望的旗帜，着手做我们可以做的看起来似乎很不起眼的小事，未来正是孕育在这些点滴的小事中。

❋ 刘 娟

❀ 情绪小语 ❀

　　当那些不好的事情落在自己头上，我们总是会很难平复自己悲伤的心情，好似被黑暗笼罩。其实，黑暗过后就会有曙光，只要快乐地坚守这丝希望，黎明就不远了。 （陈 军）

用牙咬断了 17 株树

> 忧伤来了又去了，唯我内心平静常在。

　　美国总统罗斯福年轻时体力比不上别人。有一次，他与人到白特兰去伐树，到晚上休息时，他们的领队询问白天每人伐树的成绩，同伴中有人答道："塔尔砍倒 53 株，我砍倒 49 株，罗斯福这个笨蛋只砍倒了 17 株。"

　　虽然同伴说的是玩笑话，但对罗斯福来说可确实不怎么顺耳，当罗斯福就要发怒时，他突然想到自己砍的树的确很少，简直和老鼠筑巢时咬断树基一样，不禁笑着说："你说得不对，我是用牙齿使劲咬断了 17 株。"

罗斯福是一个善于控制自己情绪的人。他以幽默的方式心平气和地面对自己的不足和他人的攻击，体现了他非同寻常的忍耐力和大度宽容的胸怀。

事实上，凡是由情绪控制其行动的人，都是弱者，真正的强者会迫使他的行动控制其情绪。一个人受了嘲笑或轻蔑，不应该表现得窘态毕露，无地自容。如果对方的嘲笑中确有其事，就应该勇敢幽默地承认，这样对你不仅没有损害，反而大有裨益；如果对方只是横加侮辱，盛气凌人，且毫无事实根据，那么这些对你也是毫无损失的，你尽可幽默对待，这样越发显现出你人格的高尚。

能否很好地控制自己的情绪，首先取决于一个人的气度、涵养、胸怀、毅力，其次就是要掌握其他的一些缓和情绪的方法，幽默就是其中重要的一种。历史上和现实中气度恢宏、心胸博大的人都能做到有事断然、无事超然、得意淡然、失意泰然。正如一位诗人所说：忧伤来了又去了，唯我内心平静常在。

情绪小语

我们要做情绪的主人，而不要做情绪的奴隶，如果我们被自己的情绪所驱使，那么我们也就好像"奴隶"一样被控制住了。被情绪所控只能使我们所面临的状况越来越糟，当我们真正摆脱情绪的"枷锁"，随心所欲地驾驭情绪的时候，我们才能够真正长久地拥有快乐。

（陈　军）

快乐的木匠

快乐和不快乐都是自己决定的,跟别人没关系。

从前,有个国王整天被忧虑困扰。他总是担心自己的军队吃败仗,害怕王宫的珍宝被抢劫,怀疑大臣们不忠心……总之,从登基那时起,他就吃不香,睡不好,没过上一天舒坦日子。

王宫外是个集市,从宫殿顶层可以看到赶集人群。一天,国王望着集市上熙来攘往的老百姓,心想:"他们是不是也像我这般不快活?真难想象普通人靠什么得到安乐。"他让侍从找来最邋遢破旧的衣服,在脸上涂满炉灰,扮成乞丐,打算到王宫外看个究竟。

国王沿着城墙走了大半天,傍晚时他来到了郊外一座破旧的农舍前,农舍的主人正坐在昏暗的厨房里,吃着一小块面包,他已经是暮年,但笑容却灿烂无比。国王忍不住走进去问他:"你为什么这么快乐?"

"我是个木匠,今天赚了足够的钱,所以晚饭有着落,当然开心了。"

"如果明天没人找你干活儿怎么办?你还会开心吗?"国王问。老木匠注意到面前的"乞丐"带着一脸焦虑和疲惫,便微笑着说道:"快乐和不快乐都是自己决定的,跟别人没关系。"说

完，把面包切成两块，一半分给"乞丐"。

晚上国王回到宫殿，对木匠的话越想越怀疑："快乐怎么能由自己决定呢？我非要考验考验他，看他能快乐多久。"于是国王连夜颁布了一条法令——所有住在都城的木匠必须到王宫门口站一个月的岗。国王并不是暴君，所以他规定站岗是有酬劳的，但要等到月末一次性付清。

第二天早上，老木匠还没出门就被侍卫长抓到宫墙外站岗来了，直到黄昏才放他回家。晚饭时间到了，国王急忙换上乞丐的装束，去木匠家探访，他边走边得意地想："看你还怎么快乐！"

谁知到了木匠家，国王看见桌上不但摆着面包，竟然还有葡萄酒。老木匠热情地请昨天认识的"乞丐"共进晚餐，国王好奇地问："你今天的晚餐怎么如此丰盛？"木匠笑着说："我奉命去给国王站岗，要到月末才能拿到酬劳。所以我刚才去当铺，把侍卫长发给我的佩剑当掉了。你瞧，咱们现在不但有面包，还有酒喝，多高兴啊！""这可是要杀头的啊！"国王故意惊叫道。"没关系，一发工钱我就去把剑赎回来，过会儿我用木头做把假的放在剑鞘里，保准没人能看出来。"木匠胸有成竹地说，那轻松快活的样子真让国王嫉妒。

第三天早上，国王乔装来到王宫大门口，果然看见木匠的"佩剑"插在剑鞘里，看上去跟真的一模一样。正在这时，对面一阵骚动，原来有个乞丐偷了小贩的一个甜瓜，正好被侍卫长抓住，集市上的人都跟过来看热闹。"偷盗的惩罚是砍手。你，"侍卫长严厉地说，冲正在站岗的木匠招了招手，"用你的佩剑把小偷的右手砍掉。"

被抓的乞丐苦苦哀求道："我饿得没办法才这么做的，求您饶了我吧。"木匠的处境可真糟糕，首先他很同情乞丐；另外他的"佩剑"一拔出来就要露馅儿，到时候自己性命也难保。这可怎么办呢？连国王都替他捏着一把汗。

木匠沉思了一会儿，仰头对天空大声说："最高的主啊，如果这个人不可饶恕，请赐予我执行命令的力量；如果这个人值得宽恕，请把我的铁剑变成木头的！"

说完他猛地抽出剑，高举过头。围观的人群发出阵阵惊呼："变成木头的了！""真主显灵！"就连凶残的侍卫长也不得不把乞丐释放了。

国王走到木匠身边问："你认得我吗？"木匠看了他一眼，回答："你是昨天跟我一起吃晚饭的那个朋友。""没错，我的朋友，"国王高兴地说，"从今以后请你每天都与我共进晚餐。你的乐观和聪明对我帮助太大了。"从此，木匠成了国王最器重的大臣之一。

❀ 王　悦／编译

🌹 情绪小语 🌹

国王锦衣玉食，但是却得不到快乐；木匠一无所有，但是他拥有了国王求而不得的快乐。可见快乐并不是"锦衣玉食"可以换来的。快乐是自己本身的感受，是自己对美好的认知，是自己给予自己"易于满足"的奖赏。

（张　洋）

夜晚，当我要爬上睡床，
就看见星星闪烁在天上；
他们是小小的白色雏菊，
碧空中点缀着夜幕草地。
　　　　　　——[美]谢尔曼

第**5**辑

不要忘了拉自己一把

一个同学来自贫穷的农村。

有人给他起了个绰号,叫"卡西莫多",形容他长得丑。

他感觉受到了捉弄,变得很自卑,整天孤零零的一个人。

后来,他收到了一封匿名的贺卡,

上面说:"你其实是个善良、勤奋的好同学,有很多优点。"

同学们看到了这封信,认识到不该那样对待他。

其实,寄贺卡的人就是他自己!

有时候,由于缺乏自信,

我们可能会被别人忽略甚至误解,

没有朋友,变得非常自卑。

这时,千万不要忘了拉自己一把。

记住这句话吧:我虽然小,但也是自己的上帝!

我很重要

我们的地位可能很卑微,我们的身份可能很渺小,但这丝毫不意味着我们不重要。

我们——简明扼要地说,就是每一个单独的"我"——到底重要还是不重要?

对于我们的父母,我们永远是不可重复的孤本。无论他们有多少儿女,我们都是独特的一个。假如我不存在了,他们就空留一份慈爱,在风中蛛丝般飘荡。假如我生了病,他们的心就会皱缩成石块,无数次向上苍祈祷我的康复,甚至愿灾痛以十倍的烈度降临于他们自身,以换取我的平安。我的每一滴成功,都如同经过放大镜,进入他们的瞳孔,摄入他们心底。

假如我们先他们而去,他们的白发会从日出垂到日暮,他们的泪水会使太平洋为之涨潮。面对这无法承载的亲情,我们还敢说我不重要吗?

我们的记忆,同自己的伴侣紧密地缠绕在一处,像两种混淆于一碟的颜色,已无法分开。你原先是黄,我原先是蓝,我们共同的颜色是绿,绿得生机勃勃,绿得苍翠欲滴。失去了妻子的男人,胸口就缺少了生死攸关的肋骨,心房裸露着,随着每一阵轻风滴血。失去了丈夫的女人,就是齐斩斩折断的琴弦,每一根都在雨夜长久地自鸣……面对相濡以沫的同道，我们忍心说我不重要吗？

俯对我们的孩童，我们是至高至尊的唯一。我们是他们最初的宇宙，我们是深不可测的海洋。假如我们隐去，孩子就永失淳厚无双的血缘之爱，天倾东南，地陷西北，万劫不复。盘子破裂可以粘起，童年碎了，永不复原。伤口流血了，没有母亲的手为他包扎。面临抉择，没有父亲的智慧为他谋略……面对后代，我们有胆量说我不重要吗？

与朋友相处，多年的相知，使我们仅凭一个微蹙的眉尖、一次睫毛的抖动，就可以明了对方的心情。假如我不在了，就像计算机丢失了一份不曾复制的文件，在他的记忆库里留下不可填补的黑洞。夜深人静时，手指在揿了几个电话键码后，骤然停住，那一串数字再也用不着默诵了。逢年过节时，她写下一沓沓的贺卡。轮到我的地址时，她闭上眼睛……许久之后，她将一张没有地址只有姓名的贺卡填好，在无人的风口将它焚化。

相交多年的密友，就如同沙漠中的古陶，摔碎一件就少一件，再也找不到一模一样的成品。面对这般友情，我们还好意思说我不重要吗？

我很重要。

我对于我的工作我的事业，是不可或缺的主宰。我的独出心裁的创意，像鸽群一般在天空翱翔，只有我才捉得住它们的羽毛。我的设想像珍珠一般散落在海滩上，等待着我把它用金线串起。我的意志向前延伸，直到地平线消失的远方……没有人能替代我，就像我不能替代别人。我很重要。

我对自己小声说。我还不习惯嘹亮地宣布这一主张，我们在不重要中生活得太久了。我很重要。

我重复了一遍。声音放大了一点。我听到自己的心脏在这种呼唤中猛烈地跳动。我很重要。

我终于大声地对世界这样宣布。片刻之后，我听到山岳和江海传来回声。

是的，我很重要。我们每一个人都应该有勇气这样说。我们的地位可能很卑微，我们的身份可能很渺小，但这丝毫不意味着我们不重要。

重要并不是伟大的同义词，它是心灵对生命的允诺。

让我们昂起头，对着我们这颗美丽的星球上无数的生灵，响亮地宣布——

我很重要。

✿ 毕淑敏

🌹情绪小语🌹

我们每一个人都很重要，因为我们是独一无二的。对于其他人来说，我们也许是亲人，是朋友，是同窗……如果失去了我们，对他们都是一种损失；因为我们的存在，他们的世界才会变得更加精彩。我，在很多人眼里都很重要，所以我们没有理由不珍视自己。

（曾芸芸）

最优秀的人是你自己

每个人都是最优秀的，差别就在于如何认识自己、如何发掘和重用自己。

据说，苏格拉底在风烛残年之际，知道自己时日不多了，就想考验和点化一下他的那位平时看来很不错的助手。他把助手叫到床前说："我的蜡所剩不多了，得找另一根蜡接着点下去，你明白我的意思吗？"

"明白。"那位助手赶忙说，"您的思想光辉是得很好地传承下去……"

"可是，"苏格拉底慢悠悠地说，"我需要一位最优秀的传承者，他不但要有相当的智慧，还必须有充分的信心和非凡的勇气……这样的人选直到目前我还未见到，你帮我寻找和发掘一位好吗？"

"好的、好的。"助手很温顺很尊敬地说，"我一定竭尽全力地去寻找，以不辜负您的栽培和信任。"

苏格拉底笑了笑，没再说什么。

那位忠诚而勤奋的助手，不辞辛劳地通过各种渠道开始四处寻找了。可他领来一位又一位，都被苏格拉底一一婉言谢绝了。当那位助手再次无功而返地回到苏格拉底病床前时，病入膏肓的苏格拉底硬撑着坐起来，抚着那位助手的肩膀说："真是辛苦你了，不过，你找来的那些人，其实还不如你……"

"我一定加倍努力，"助手言辞恳切地说，"找遍城乡各地、找遍五湖四海，我也要把最优秀的人选挖掘出来，举荐给您。"

苏格拉底笑笑，不再说话。

半年之后，苏格拉底眼看就要告别人世，最优秀的人选还是没有眉目。助手非常惭愧，泪流满面地坐在病床边，语气沉重地说："我真对不起您，令您失望了！"

"失望的是我，对不起的却是你自己。"苏格拉底说到这里，很失意地闭上眼睛，停顿了许久才又不无哀怨地说，"本来，最优秀的就是你自己，只是你不敢相信自己，才把自己给忽略、给耽误、给丢失了……其实，每个人都是最优秀的，差别就在于如何认识自己、如何发掘和重用自己……"话没说完，一代哲人就永远离开了他曾经深切关注着的这个世界。

那位助手非常后悔，甚至后悔、自责了整个后半生。

为了不重蹈那位助手的覆辙，每个向往成功、不甘沉沦的人，都应该牢记先哲的这句至理名言："最优秀的就是你自己！"

❀ 纪广洋

❦ 情绪小语 ❦

我们经常会羡慕那些优秀的人，仿佛他们是那么的高不可攀，以至于常常会忽略了自己，会忘记自己也可以变得像他们一样优秀。现在起把目光放在自己的身上，努力挖掘自身的才华，我们也会站在被人赞美的位置上。请相信，最优秀的人就是自己。

（曾芸芸）

自信的人更容易成功

接纳自己，欣赏自己，将所有的自卑全都抛到九霄云外，这就是亨利成功最重要的前提！

美国有位心理学家曾经做过这样一个试验，他将他的学生分成了三组，对第一组表示信任并给予赞美与鼓励；对第二组采取不管不问放任自流的态度；对第三组则不断给予批评。结果表明，被经常鼓励的第一组进步最快，总是挨批的第三组进步缓慢，而被漠视的第二组则在原地踏步。

另一位心理学家为了教会他的学生重视他人，信任他人，经常要求学生们站起来在课堂上当着大家的面表扬某一个同学。这种练习不仅让全班学生感到愉快，而且让他们的人格健康成长，最重要的是让学生们拥有了自信。

曾经听说过这样一个真实的故事：

多年前的一个傍晚，一位叫亨利的青年移民，站在河边发呆。这天是他30岁生日。可他不知道自己是否还有活下去的必要。因为亨利从小在福利院里长大，身材矮小，长相也不漂亮，讲话又带着浓厚的法国乡下口音，所以他一直很瞧不起自己，认为自己是一个既丑又笨的乡巴佬，连最普通的工作都不敢去应聘，没有工作，也没有家。

就在亨利徘徊于生死之间时，与他一起在福利院长大的好朋友约翰兴冲冲地跑过来对他说："亨利，告诉你一个好消息！"

"好消息从来就不属于我。"亨利一脸悲戚。

"不，我刚刚从收音机里听到一则消息：拿破仑曾经丢失了一个孙子。播音员描述的相貌特征，与你丝毫不差！"

"真的吗，我竟然是拿破仑的孙子？"亨利一下子精神大振。联想到爷爷曾经以矮小的身材指挥着千军万马，用带着泥土芳香的法语发出威严的命令，他顿时感觉自己矮小的身材同样充满力量，讲话时的乡下口音也带着几分高贵和威严。

第二天一大早，亨利便满怀自信地到一家大公司应聘。20年后，已成为这家大公司总裁的亨利，查证自己并非拿破仑的孙子，但这早已不重要了。

显然，接纳自己，欣赏自己，将所有的自卑全都抛到九霄云外，这就是亨利成功最重要的前提！

自信其实就是自己信得过自己，自己看得起自己。别人看得起自己，不如自己看得起自己。美国作家爱默生说："自信是成功的第一秘诀。""自信是英雄主义的本质。"人们常常把自信比作发挥主观能动性的闸门、启动聪明才智的马达，这是很有道理的。确立自信心，就要学会正确地评价自己，发现自己的长处，肯定自己的能力。人们常说人贵有自知之明，这个"明"，既表现为人能如实地看到自己的短处，也表现为人能准确地分析自己的长处。如果只看到自己的短处，似乎是谦虚，实际上是自卑心理在作怪。"尺有所短，寸有所长。"每个人都有自己的优势和长处。如果我们能客观地评估自己，在认识缺点和短处的基础上，找出自己的优点和长处，就能激发自信心。要学会欣赏自己，表扬自己，把自己的优点、长处、成绩、满意的事情，统统找出来，在心中"炫耀"一番，反复刺激和暗示自己"我可以""我能行""我很棒"，就能逐步摆脱"事事不如人，处处难为己"阴影的困扰，就会感到生命有活力，生活有盼头，就会觉得太阳每天都是新的，从而保持奋发向上的劲头。"天生我才必有用"，自己给自己鼓掌，自己给自己加油，自己给自己戴朵花，自己给自己发锦旗，便能撞击出生命的火花，培养出像阿基米得"给我一个支点，我将撬起地球"的那种豪迈的自信来！

　　自信是成功的基石，"坚定不移的信心能够移山"，这就是成功的经验。自信是一种自我激励的精神力量，它能够激发潜意识释放出无穷的热情、精力和智慧，进而帮助人获得成功，所以，有人把"信心"比喻为一个人心理建筑的工程师。

　　因此，如果你想成功，就请充满自信地迎接每一天吧。

❀ 刘　萍

🌸 情绪小语 🌸

　　一个拥有自信心的人才能够充分发挥出自己的能力，才能够不断向高峰发起挑战而不懈怠。自信，就是要相信自己，相信凭借自己的努力和自己的长处，可以让自己前进。真正获得成功的人往往就是自信的人，如果连自己都不相信自己能够成功，成功又怎么会青睐于我们呢？

（曾芸芸）

老狗斗老虎

"这么大的口气,来头不小哇!"老虎想,"算了,我还是避一避的好"。

　　一条瞎眼老狗四处流浪。它走了很远的路,早已饥肠辘辘。这天,它来到一片陌生的荒原,突然,一股肉香飘来,它便循着香味跑了过去。

　　不远处,老虎捕获了一只鹿,正有滋有味地吃着鹿肉。显然,肉香就是从这儿散发出去的。

　　老虎正吃着,猛抬头,见一条老狗径直跑过来。老虎从未见过这条狗,不知道它有什么来头。

　　"你想干什么?"老虎问。

　　"那还用问?吃肉!"

　　"你看看我是谁?"

　　提到"看"字,瞎眼老狗勃然大怒,吼道:"我不想看!在我眼里,你什么也不是!你根本就不存在!"

　　老虎听了这话,大吃一惊。"这么大的口气,来头不小哇!"老虎想,"算了,我还是避一避的好。"

　　老虎悻悻地走了,把香喷喷的鹿肉留给了这条瞎眼老狗。

　　如果缺乏自信,强者也会失败。

❀ 林　芝

🌸 情绪小语 🌸

　　不自信的人,内心是懦弱的,很容易被恐惧击倒。即便我们弱小,没有多大的力量,但这并不要紧,只要给予自己足够的信心,我们就会一天天变得强大起来。只有坚强的内心世界才能够真正地征服别人的内心,才能让我们真正地成为强者,而不仅仅是一只"纸老虎"而已。

(曾芸芸)

拉自己一把

> 在人生的道路上,总有身处绝境、孤立无援的时候,永远记住,关键时刻要拉自己一把。

　　新年快到了,生活委员每天都会从收发室取回一沓厚厚的贺卡,他极爱开玩笑,经常喊同学的名字,晃着贺卡,用方言夸张地吆喝。能从他口中听到自己的名字,是很令人高兴的事,这意味着他捎来了远方的祝福。

　　他绝对不会喊我的名字,我来自遥远的农村。那里非常贫穷闭塞,村里的孩子还没有念过初中的。由于长期营养不良,我长得瘦弱,头发稀黄,衣服破旧,十分寒碜。我没有好朋友。

　　班里兴起给同学起绰号,大多是善意的玩笑。一个同学居然叫我"卡西莫多"。全班同学都哈哈大笑。

听到这个绰号，我心一紧，一股悲凉浸透全身，我掉头离开教室，把笑声扔在身后，虽然那个同学向我道歉，但我心里清楚，在他们眼里，我就跟《巴黎圣母院》里的"卡西莫多"一样丑陋。

一天，生活委员取回贺卡，照例站在讲台上念名字。突然，他停住了，一边睁大眼睛看着收信人，一边磕磕巴巴念出我的名字。全班同学都静了下来。我走到讲台上，接过贺卡，脸上充满兴奋和喜悦。不久，这张贺卡传遍全班，内容也成了大家谈论的焦点。贺卡的左半边写着——

卡西莫多：

　　你并不丑陋，还很善良。美德比美丽更重要。你不是缺少朋友，是缺少交流；你不是缺少快乐，是太自我封闭。你参加过街头献血，义务清理过小广告，也到聋哑学校服务过。这些我都知道。我还在报上看过你写的散文。你很棒。祝你新年快乐！

　　　　　　　　　　　　　　　　　　　艾丝梅拉达

同学问我，谁是那"美丽的吉卜赛女郎"。我说不知道。没有找出"艾丝梅拉达"，但同学们一下子知道了我那么多的故事。一个曾被他们忽略的人，一个在他们眼中木讷呆板的人，好像马上变了。他们认识到我的优点，开始主动与我交往。我逐渐融入集体，后来，还担任了班委。

只有我知道，"艾丝梅拉达"就是我自己。当我感觉自己被所有人遗弃时，当我像一滴油无法融入温馨的集体时，当我被自卑感压得濒临崩溃时，我选择了走出来，把自己的另一面告诉同学，我赢得了友谊，也走出了灰暗的低谷。

在人生的道路上，总有身处绝境、孤立无援的时候，永远记住，关键时刻要拉自己一把。

❀ 李瑞芳

🌀情绪小语🌀

每个人都难免遭遇困难、挫折、孤独，甚至别人的嘲笑。当没有人伸出手来拉我们一把的时候，就拿出一面镜子，自己对着自己微笑吧。笑对生活，笑对一切，给自己加油助威，让自己充满信心，充满力量，去迎接那些困难的挑战。

（曾芸芸）

先有自信才有奇迹

不热烈地坚强地希望成功、期待成功而能取得成功，天下绝无此理。成功的先决条件，就是自信。

据说拿破仑一上战场，士兵力量可增加一倍。军队的战斗力，多半寓于士兵对将帅的信仰之中。将帅显露出疑惧张皇，全军必然要陷于混乱、动摇；将帅的自信，可以加强他部下士兵的勇气。

人的各部分的精神能力，像军队一样，也应该信赖其主

帅——意志。

有坚强的意志，有坚强的自信，往往使得平庸的男女也能够成就神奇的事业，成就那些虽天分高、能力强，但是多疑虑与胆小的人所不敢染指尝试的事业。

你的成就大小，往往不会超出你自信心的大小。拿破仑的军队决不会爬过阿尔卑斯山，假使拿破仑自己以为此事太难的话。同样，在你的一生中，决不能成就重大的事业，假使你对自己的能力存着重大怀疑的话。

不热烈地坚强地希望成功、期待成功而能取得成功，天下绝无此理。成功的先决条件，就是自信。

在这世界上，有许多人，他们以为别人所有的种种幸福是不属于他们的，以为他们是无法得到的，以为他们是不能与那些鸿运高照的人相提并论的。然而，他们不明白，这样的缺乏自信，是会大大削弱自己的生命力的。

"假使他想他能够，他就能够；假使他想他不能够，他就不能够。"当然，这一想的信心是要建立在客观规律的基础上，胡思乱想是不行的。

自信心是比金钱、势力、家世、亲友更有用的条件。它是人生可靠的资本，能使人努力克服困难，排除障碍，努力争取胜利。对于事业的成功，它比什么东西都更有效。

假使我们去研究、分析一些有成就的人的奋斗史，我们可以看到，他们在起步时，一定是先有一个充分信任自己能力的坚强自信心。他们的心情意志坚定到任何困难艰险都不足以使他们怀疑、恐惧的程度。这样，他们就能所向无敌了。

有人说过："假使我们自比于泥块，那我们将真的成为被人践踏的泥块。"

我们应该觉悟到"天生我才必有用"；觉悟到造物育我，必有伟大的目的或意志,寄于我的生命中;万一我不能充分表现我的生命于至善的境地、至高的程度,对于世界将会是一个损失——这种意识,一定可以使我们产生出伟大的力量和勇气来。

✳ [美]奥里森·马登

❧ 情绪小语 ❧

没有自信的人注定难以飞得太高,因为他们被自己的自卑感给拖累了。自信心可以为我们铺一条通向远方的路,路的尽头就是我们的梦想。我们的自信心有多少,它就可以带我们在梦想的路上走多远。自信会时刻敲响我们心中的战鼓,激励着我们前进。

(曾芸芸)

自信是一朵花

自信是一朵花,花要自己开,不能用激素,更不能把它的花苞掰开来。

有人要我告诉年轻人如何才能自信,我一听,忙说:我可不知道如何教人家自信。因为我自己不自信的时候很多很多。关于自信,我能说的第一句话是:该不自信的时候,就不自信

107

吧。当然许多时候是应该有自信的。求职者找工作的面试，如果没有起码的自信，一上来便张口结舌，结结巴巴，满头大汗，连人家给你倒杯水都要打翻，那当然是不行的。不过现在这样的年轻人好像很少。因为有太多太多的人，太多太多的传媒，在教他们穿什么，戴什么，一举一动，一颦一笑，基本礼仪，标准对答，等等。然而，那些教导，不过是一些技术性的东西，是在教人如何显得有自信。是显得有自信，不是自信。

我能说的第二句话是，不要表演自信，装出来的不是真自信。一个人要真正有自信，要么是上苍特别偏爱，口含金匙而生，伶俐聪明，外加貌美如花，那样的人可能不知道什么叫"不自信"；要么，就要经过自己的积累修炼了。既然说修炼，就知道不是好玩的事情了。一是要心诚，二是需要时间。心浮气躁没有用，一朝一夕也没有用。慢慢学，慢慢领悟，时候一到，水到渠成，自然而然就有自信了。玉在山而草木润，心里有了美玉般的自信，外在自然就会反映出光辉来，那是真正的自信。所以，第三句话是，自信是急不出来的，一急就走向自信的反面。自信是一朵花，花要自己开，不能用激素，更不能把它的花苞掰开来。

❋ 潘向黎

❀ 情绪小语 ❀

　　天生就自信的人其实很少，大多数都是通过后天努力得来的。只要努力去做一件事情，尽力把它做好，获得别人的认可和自己内心的积极肯定，自信就会一天天积累起来了。现在的我们就像一个腼腆的花骨朵，含苞待放，只有尽情地吸收阳光和养分，才能开出自信的花来。

（曾芸芸）

做一只自信的小老鼠

自信有时候就像是人生的一面旗帜，只有拥有自信，你的才能才会得到施展，你的生命才会更加绚烂。

一只小老鼠对着天上的太阳说，太阳你真伟大，你给所有人带来光芒。太阳说我不如乌云。一会儿，果然一片乌云飘过来遮住了太阳。小老鼠赞叹道：乌云真有力量。乌云说：不，是风有力量。真的，一阵风吹过，乌云就被吹到了天边。小老鼠又去赞美风，风却说墙比我厉害。说着说着，奔跑着的风真的被墙挡住了。小老鼠敬佩地向墙看过去，墙却说别看我，你就比我厉害得多。果然，墙在大风之后摇摇晃晃地倒了，下面露出了许多鼠洞，又过了一会儿，从洞里钻出了几只小老鼠。

这是我听到的一个小故事，我觉得应该讲给我的女儿听，因为她总是认为自己不如别的小朋友，不如肖莫的学习好，不如李成泽的画漂亮，不如刘永锴跑得快，不如张欣宜歌唱得好听，所以凡是班里出节目、选优秀学生的事，她都觉得跟自己无关。可是在我眼里，女儿又是那么好，聪明、漂亮、爱学习、懂礼貌，只是没有自信。我得告诉她，在她爸爸眼里女儿是那么优秀，告诉她，只要活得努力，活得自信，每天对她来讲都会是新的。

据说有个特别的统计，大凡没钱或者不想购物的人在橱窗前驻足，只要感觉身边来了其他的人，就会下意识地闪到一边。其实，我们身边又何尝不是如此，每当机会来了，许多人都会在心底对自己说：太好了，可惜不是我的。别人在向目标冲刺，他却犹犹豫豫地失去了制胜的先机。有三个同一大学毕业的学生一起去应聘，公司只留下了其中的一个。过了很久，这位成功的应聘者向当初招聘他的人讨教当初为什么只选择他，那人笑了笑，因为只有你的手没有抖，只有你有足够的自信。

　　其实，自信有时候就像是人生的一面旗帜，只有拥有自信，你的才能才会得到施展，你的生命才会更加绚烂。

　　曾经有一位歌者遭遇了爱情和事业的低谷，对生活失去了信心，甚至还一度有极端的想法，可是，她最终还是走出了低谷。回忆起那段不开心的日子，她说，是一个瓶子帮了自己，每天，她都往瓶子里投入一个她活下去的理由，青春、漂亮、善良、有爱心、有许多爱自己的人……终于有一天早上，她打开瓶子，把所有写满理由的纸片都倒了出来，啊！原来自己是这样的美好，她终于找回了自信。这个人的名字叫蔡琴。

　　人生这本大书，很多时候我们都不可能事必躬亲，与其临渊羡鱼，不如退而结网——在浏览正文之前，我们不妨先看一看目录，选你该选的，要你想要的，这就够了。前提是你要记住，这世上没有完全相同的两片树叶，更没有第二个自己——相信你自己就是独一无二的，做你自己就够了。

　　相信自己，像那只开始变得自信的小老鼠一样，只要活得自信、活得努力，我们都可以推倒那段阻挡自己的围墙，创建自己的一片新天地。

❀ 郭俊明

情绪小语

也许我们不是最漂亮的,也许我们不是最聪明的,也许我们不是最幸运的, 也许……但是有几个人能够把所有的美好都放在自己身上呢? 其实我们也有自己的长处,比如我们有一颗善良的心,比如我们有一双灵巧的手,等等。相信自己是独一无二的,做好自己就足够了。

(曾芸芸)

我就是一块银矿石

你成名之后,有不少人认为你就像这块石头一样被人随手捡了起来,只是你运气特别好,而那些大师都非说你是银矿石。

出道以前,吕燕还只是江西德安一座银石矿上一名普通矿工的女儿。从小个子就特别高(身高178cm)的她由于太过鹤立鸡群,老是刻意弯着腰,日子久了就有点儿驼背。尽管一直爱和男孩子一起玩,但到了18岁,女孩子爱美的天性还是占了上风,为了矫正体形,离开家乡到南昌读书的她报名参加了一个模特培训班。"当时我真没想过以后自己要当模特,因为我以前的生活里根本就没有这档子事。"

1999 年，由于培训班要选 5 个学生到北京参加一个模特选拔赛，纯粹为了凑数，个子高挑的吕燕去了北京，从此正式入行。一个偶然的机会，她在酒店大堂邂逅了两名来自法国的经纪人，又被带到了法国。4 个多月后，仍然什么都"没想到"的她从世界超级模特大赛中脱颖而出，一举夺得亚军。在那天的节目录制现场，生性诙谐的主持人马东拿出一块石头让吕燕"鉴定一下是不是银矿石"，吕燕大笑着接过来瞧了瞧，肯定地说："这就是(银矿石)。"马东得意地说："你上当了！这就是咱们做节目前我顺手从马路边捡来的一块普通石头。不过，你成名之后，有不少人认为你就像这块石头一样被人随手捡了起来，只是你运气特别好，而那些大师都非说你是银矿石……"吕燕闻言，淡淡地笑了笑。

　　刚刚到北京时，吕燕是典型的"北漂族"：兜里只有几百块钱，跟一个朋友一起住在一间简陋得不用交房租的地下室里，每餐到食堂买一个馒头充饥，出去面试就坐 5 毛钱的公交车或是"11 路车(两条腿开动自己走)"……去巴黎时就更不用说了，"语言不通，完全是一个聋子加哑巴，没有人可以交谈，特别寂寞"，住在一间仅 9 平方米的斗室里，吕燕在异乡的第一个月，食谱上只有一样东西——鸡蛋，据说，她当时一共吃了 100 多只鸡蛋，因为不认识其他食品包装上的说明，自己也不会表达要买什么。

　　在 2000 年世界超级模特大赛上夺得

亚军的吕燕,似乎总给人一种"一夜成名"的感觉。尤其是她的容貌(小眼睛、塌鼻梁、扁平脸、厚嘴唇,外加不少雀斑)与国人心目中的美女标准相去甚远,一时间"这么丑的女孩也能当世界名模"的疑问声四起。

与之形成鲜明对照的是,国内著名造型设计师李东田第一次见到吕燕时,却激动得跑过去紧紧抓住她的手,嘴里直嚷嚷:"你长得特别漂亮特别好看,我一定要把你推出来!"回忆起这一幕时,吕燕忍俊不禁:"他大概是第一个说我漂亮的中国人。"国际时装界的评价证实了李东田的眼光,到世界时装之都巴黎发展后,长着一张汇聚东方元素面孔的吕燕大受欢迎,国人眼中的"丑女"让众多国际顶尖设计师频频惊艳不已。游走在"绝色"与"奇丑"这两种极端对立的评价之间,吕燕似乎从来都不曾为之困扰:"我从没觉得自己漂亮,但也从不觉得自己丑,再说,你要是觉得我好看,那就多看几眼,觉得不好看那就别看呗,有什么关系呢?"

许多人觉得她一夜成名,事实却并非如此。2000 年超模大赛期间,不少国际著名时尚杂志的摄影师提出希望给参赛选手们多拍一些照片,当时是在北京天坛出外景,11 月了,凌晨 4 点多钟要穿着单薄的夏装出镜,许多人都拒绝了,只有她去了。这种勤奋的工作态度为吕燕在业内赢得了良好的口碑、广泛的尊重以及更多更好的机会。

经过 4 年的努力,吕燕已经攻克了语言关这个最大的障碍。"我不怕,敢开口,即使开始说得不好也不放弃,因为我最大的特点就是'不要脸'!"她笑眯眯地说。

这种乐观性格的女孩子似乎命中注定要成功。

✿ 子 平

有人认为我们不好吗？没关系。那是他们个人的看法罢了，一定还是有很多人会肯定我们的，只是我们需要遇到"伯乐"而已。所以，没有必要去悲伤。乐观地去面对一切，做好自己就行，"伯乐"总会在不经意间出现的。

（曾芸芸）

不要被自己击倒

心理脆弱的人会接受外界刺激，然后转变成压力强加给自己。这种压力不断地变大变大，最后就把自己给压垮了。

第一个故事：我曾经有一个朋友，是一个出类拔萃的青年教师。5 年前，他因为胸部疼痛去一家医院检查，结果他拿到的是确诊为肺癌的化验单。回到家，他便倒下了，再也吃不进一口东西。从此，他目光呆滞，惶恐不安，日渐消瘦，不到 6 个月，这个生龙活虎的年轻人便病入膏肓了，家里为了他耗尽所有钱财，仍未能挽回他的生命。

今年 4 月，这家医院因为管理混乱、造成很多医疗事故而被媒体曝光，接着被卫生部门全面检查，许多令人吃惊的错误被公布于众。

一天，一个男人来到那位朋友的家里告诉他的父母：医院在 5 年前把化验单弄错了，被确诊为癌的本来是他，而朋友当年的化验结果为：肺感染。

另一个故事：美国的科学家不久前做了一个试验：把一只小羊和一只狼关在一起。狼是拴着的，吃不到羊。但是羊却可以听到狼的叫声，看到狼凶巴巴的样子。而另外一只小羊是单独关起来。8 个月以后，单独圈养的羊膘肥体壮；但是和狼关在一起的那只羊，永远是一只长不大的小羊，后来逐渐僵掉了，再后来就变成病羊了，最后成了一只死羊。

与一个心理学家聊天时，他告诉我，我的朋友和那只羊的确都是病死的，但这个病的病根却是源于内心，心理脆弱的人会接受外界刺激，然后转变成压力强加给自己。这种压力不断地变大变大，最后就把自己给压垮了。

❋ 感　动

❀情绪小语❀

有些人很"慷慨"地将外界给自己的压力，给自己的负面刺激都吸收进去了，所以造成了"消化不良"，积郁成疾，最后身体乃至精神都被打垮了。如果心灵是阳光的，真正身体的疾患也会被这阳光给融化掉的。所以，把那些不愉快的，统统从自己脑子里赶出去吧。

（曾芸芸）

最大的魔鬼是自己

大卫·莫恩是伟大的,他能认准方向,不畏艰辛,冲破重重迷雾找到传说中的魔鬼——德拜夏尔号自己。

德拜夏尔号是英国历史上最大的一艘船。它体积相当于泰坦尼克号的两倍,面积超过 3 个足球场,驻足在这艘轮船的甲板上,任何人都会感到非常安全。当时几乎所有人都认为它设计完美,能抵挡任何已知的飓风。

1980 年 9 月,德拜夏尔号已经在海上航行了 4 年,正是机械状况最为理想的时期。9 月 8 日,这个庞然大物驶入日本冲绳海域时遇上了飓风。9 日上午 10 点 19 分,船长向陆地通报德拜夏尔号正在每小时 100 公里的狂风和 9 米的巨浪中前进。但是,像德拜夏尔号这样的巨轮应该可以抵御比这更大的飓风,所以船长丝毫没有担心,他通过广播告诉人们:他们会迟一些到达港口,最多不过几天而已。然而不久,这艘豪华巨轮及全体船员连同装载的 15 万吨铁矿石,却在距日本冲绳海岸 200 海里的地方与外界永远失去了联系,那里正是有"魔鬼海域"之称的日本龙三角海域。

巨大的德拜夏尔号怎么可能连求救信号都来不及发出就消失了呢?当时众说纷纭,主流解释是这片海域存在着不为人类所知的自然力量,而其他诸如外星人劫持、海洋怪兽兴风作浪等等传说更是光怪陆离不可胜数。一名失事船只搜寻专家大卫·莫恩不相信这些说法,1994 年 7 月,他力排众议,率领海洋科技探险队向魔鬼海域进发,寻找德拜夏尔号沉船残骸,因为他知道只要找到德拜夏尔号,一切谜底就会被揭开。没有人重视这次行动,人们似乎更愿意相信神奇的传说,因为那是解释世界上任何未解之谜最简单的方式。

大卫·莫恩带领的搜寻小组的全部经费只能在海上支持8天。他们全部的希望仅仅是一条渺茫的线索:搜救飞机曾在德拜夏尔号最后出现的不远处发现了油渍。搜寻小组连续 7 天没有任何收获,第 8 天,就在即将返航的最后时刻,潜水机器人终于找到一些发光铁矿石,而铁矿石正是德拜夏尔号沉船时所装载的货物。之后海水下的声呐探测器传输回来的图片将德拜夏尔号的最后一刻显示给人们:它变形、断裂为 3 截。电脑模拟还原了当时的场景:飓风没有引起大家的警惕,海上形成的两个涌浪将德拜夏尔号架起来,船上的人们毫不知情,悬空的德拜夏尔号被自己的重力压成了 3 截。整艘巨轮迅速下沉,海水的重力把它挤压变形,这可怕的一刻只有短短几分钟时间。当人们发现危险时,已经来不及逃生和发出求救信号。

原来德拜夏尔号毁于自身过度庞大和过度自信。大卫·莫恩是伟大的,他能认准方向,不畏艰辛,冲破重重迷雾找到传说中的魔鬼——德拜夏尔号自己。德拜夏尔号的悲剧引发了自此以后船只安全特性的改进,这些特性在新造的船只中被标准化,同样的悲剧不会再重演。然而,现实生活中,又有多少人还浑然不觉,任欲望无休止地膨胀下去,以致让生命超载呢?

人生之旅中,有时对于我们来说,最大的魔鬼其实是自己。

❀ 张世普

当倾盆大雨让我们成为落汤鸡的时候，我们总会埋怨糟糕的天气，而不会认识到是自己没有带伞才造成了这样的窘境。其实，外界环境的恶劣不是造成我们走入困境的根本原因，那些"风雨"能够影响我们，但不能够决定我们。错不在"深渊"，而在于我们没有及时止步。

（曾芸芸）

别为你是鹰而羞愧

你不要因为自己是一只鹰而感到羞愧！老师在信末说。

大学毕业后，他被分配到一座偏远的水电站工作。这里离最近的一个小镇有二十多公里，电站内部食堂、小卖部、幼儿园样样都有，自成一个小社会。

电站有正式员工一百多人，加上家属和小孩，共有五六百人。在这个偏远而封闭的小社会中，人们热衷于打麻将和讲一些飞短流长的闲话，让他觉得有些格格不入。

他喜欢看书，喜欢听外国音乐，看欧洲影片，每次进城都会买些新书和碟片回来。这让他的同事们感到不可理解。他们说，每天打麻将的时间都不够，还有时间看书？电视里电视剧多的是,还花钱买碟,真是有钱烧的!

如果分歧仅只这些还好,问题是常年生活在山里的人异乎寻常的热情,他们常常在他寝室门口喊——

打麻将? 三缺一!

我套了只野狗,来喝口汤。

别看书了,喝酒去!

打麻将、吃狗肉、喝酒都不是他喜欢的。他更不喜欢的是在干这些事情时,人们叼着烟卷光着膀子乌烟瘴气地讲荤笑话。最初去过几次,因为受不了烟熏火燎酒精刺激,心中恐惧,后来渐渐找理由不去了。这就变成了不合群、脱离群众、瞧不起人。在小山沟里,背上这种名声的人通常是惹人厌烦的。他的工作、生活就不那么顺利了,人们渐渐对他心怀敌意。在一个充满敌意的环境中,随时面对别人的刁难和苛责,让他觉得生活没有任何趣味,挫折感极其强烈。

他绝望得要发疯。他给上大学时的老师写了封信,讲述自己的苦恼。他说在他生活的空间里,他与别人从内到外都不一样,周围环境和事情的运行规律与他理解的完全不同,他感到很无奈,不知该怎么办。是委屈自己,向自己并不认同的周边环境看齐,还是坚持自己所喜爱的东西,我行我素旁若无人地走下去? 很快,老师回信了,信的内容是一个故事——

从前,有一只鹰蛋不小心落到鸡窝里,被当成鸡孵了出来。从出生那天起,它就与鸡窝里的兄弟姐妹们不一样。它没有五彩斑斓的羽毛,不会用泥灰为自己洗澡,不会三喙两嘴就从土里刨出一只小虫来,矮小的鸡窝总是碰它的头,而其他鸡总是笑它笨。

它失望极了,跑到一处悬崖,想跳下去,结束自己的生命。它纵身跃下的时候,本能地展开翅膀,飞上云天,这才发现,自己原来是一只鹰,鸡窝和虫子不属于它。它为自己曾因不是一只鸡而痛苦的往事感到羞愧……

你不要因为自己是一只鹰而感到羞愧！老师在信末说。

他看了这封信,不再因为周围人的不认同而痛苦甚至扭曲自己。他继续读书,两年后顺利考上研究生,后来成为一家外企的经理。信末的那句话,则成为他一生的座右铭。

❉ 曹 颖

🌸 情绪小语 🌸

不要因为自己是一只鹰而惭愧,即使是栖息在鸡窝里。我们的理想仍是蓝天,而不是像一只鸡那样等待命运的"宰割"。虽然我们有可能误入不属于自己的世界,但是只要有一颗雄鹰的心,我们终会飞上天空,与其他的老鹰一起翱翔在那美丽的天际。

（曾芸芸）

弱者的等待

可是不久,那提着满壶清水的同伴领着一队骆驼商旅寻声而至,他所找到的却是一具尸体。

两人结伴横过沙漠,水喝完了,其中一个同伴中暑生病,不能行动。剩下这个健康而又饥饿的人对同伴说:"好吧,你在这里等着,我去寻找水源。"他把手枪塞在同伴的手里说:"枪里有五颗子弹,记住,三个小时后,每小时对空鸣枪一声,枪声指引我,我会找到正确的方向,然后与你会合。"

两人分手后,一个充满信心地去找水源,一个满腹狐疑地卧在沙漠里等待。他看表,按时鸣枪。除了自己以外,他很难相信还会有人听见枪声。他的恐惧加深,认为同伴找水失败,中途渴死。不久,又相信同伴找到水,弃他而去,不再回来。到应该击发第五枪的时候,这人悲愤地思量:"这是最后一颗子弹了,伙伴早已听不见我的枪声,等到这颗子弹用过之后,我还有什么依靠呢?我只有等死而已。而且,在一息尚存之际,兀鹰会啄瞎我的眼睛,那是多么痛苦,还不如⋯⋯"他用枪口对准自己的太阳穴,扣动了扳机。

可是不久,那提着满壶清水的同伴领着一队骆驼商旅寻声而至,他所找到的却是一具尸体。

情绪小语

我们等待黎明,却总是看到无边的黑暗;我们等待希望,却总是失望而归⋯⋯于是,我们在等待中绝望,亲手掐断了最后一点希望。这就是那些"弱者"的选择。既然寻找光亮,就要时刻提醒自己,希望已经不远了。要寻梦就要充满信心,给自己动力。

(曾芸芸)

总会有人对你微笑

她似乎看穿了我的心思，说："你试试嘛！管别人那么多干吗？别人板着脸你就不笑了？你为谁活着呢？"

上大学的时候，由于来自偏远山村，家里又贫穷，所以我有着一种很深的自卑感，总是独来独往的。别人眼中青春飞扬、充满美好的大学生活对我来说只是一种远望的风景，自己根本无法融入其中。那时为了生活，我找过不少工作，在校门前的饭店刷过盘子，在工地上当过搬运工，后来又做家教。在接触到的形形色色的城市人之中，我发现他们都有一个共同点，那就是一种高高在上的冷漠。本来就很脆弱的自尊心在那一张张紧绷的面孔前一次次受伤，于是我开始用敌视的目光注视着城市里的每一个人。

有一次，在大街上为一家公司发放广告宣传单，那时候好像还没有部门管这种事，所以街上发传单的人特别多。每发出去300张就给15元钱，而且有人在暗中监视着你，看你是不是偷偷扔掉或者给一个人发了多份，看起来似乎很简单的事其实做起来是很难的。当我一次次地向行人发单子时，便要一次次地接受人们的厌恶。有的人会像赶苍蝇一样向我挥手，有的人会对我怒目而视，有的人根本看都不看我一眼，有的人则会冷冰冰地说一句"不需要！"便扬长而去。所以大半天下来，手里厚厚一摞宣传单根本没发出去多少。心情越发的烦躁，我正站在那儿生闷气，一个女孩的声音在耳边响起："嗨，你发了多少了？"

我抬头一看，是一个和我年龄相仿的女孩，她正微笑地看着我。

我抖一抖手中的单子，说："还有这么多！"

她说："你看！我全发没了！"哦？她也是发宣传单的？

她问："那你还不赶快去发，站在这儿发什么呆呀？"

我说："我发了一上午了，根本发不出去几张！"

她又问："那你是怎么发的？"

我拿起一张宣传单向她递过去。她笑了起来，边笑边说："像你这样发，能发出去才怪呢！"

我不解地望着她，她说："你首先要微笑，然后说'您好'，这才可以！"

什么？要我冲那些高傲的人微笑还问好？

她似乎看穿了我的心思，说："你试试嘛！管别人那么多干吗？别人板着脸你就不笑了？你为谁活着呢？"听听也有道理，便想试试也好。

我又开始发宣传单，女孩一直跟着我，一开始我笑得很僵硬，"您好"也说得干巴巴的，人们都用惊异的目光看我。

女孩又说："不要硬挤笑，要发自内心的，就像对自己的好朋友一样！"

我忽然对她很感激，便冲她笑了笑。

她说："对，就是这种笑！你笑起来很温暖啊！"

我的心一热，便向行人迎了过去，果然一下子发出了好多张，可是人们的脸并没有因为我的微笑而解冻，依然是冷冰冰的。我向女孩抱怨人们的冷漠,她依然劝我不要在意别人的态度,我们的目的是为了把单子发出去。这时,一个中年妇女走了过来,我忙微笑着迎上去,说了声"您好",把宣传单递给她,她接过单子停下来看了一遍,抬头冲我笑了笑,说"谢谢",便走过去了。那一刻我竟然激动得不知所措,对女孩说:"她冲我笑了!她冲我笑了!"女孩回答道:"你会发现对你笑的人越来越多的!好了,我该走了,跟你说实话吧,我是公司派出来监视你的,你现在已经知道怎么做了,用不着监视了。再见!"她笑着走了。

我的心忽然充满了感动,那个中年妇女的微笑就像温暖我心中郁结多年坚冰的第一缕阳光,让我在流淌的温暖中明白。只要你微笑着去面对世界,就总会有人对你微笑;而心存冷漠,世界只会给你一堵冰冷的墙。就像阳光总会在千难万阻中照进来,一张微笑的脸会让世界变得生动无比。

用微笑去面对生活,生活总会于阴霾中对你绽放最美的笑脸!

❀ 包利民

🌹情绪小语🌹

当觉得有很多人对我们报以冷漠时,我们是否想过自己给了世界一张怎样的脸?微笑,暖如春天的阳光,甜如山间的清泉。当你给人以"春光"抑或是"清泉"的时候,大多冷漠的心都会被融化,会回之以同样的微笑。生活就像一面镜子,给予我们的都是它对我们的反馈啊!

(曾芸芸)

麦当劳总裁的心理锦囊

> 如果一个想法开始出现时，唑！在它还未形成时就把它擦掉，之后我将全身心放松下来。

　　麦当劳公司总裁雷·克罗克不仅身患糖尿病、关节炎，而且胆囊被割除了，大部分的甲状腺也被切除了。但这位老总在自传中写道，面对身体的"残障"和52岁才起步的事业，他仍能取得巨大的成功，主要得益于他自我暗示的神奇效果。他说：我学会不让任何问题压垮我。我不需要在一段时间内过多地担忧一件事，我也不会为一个问题不必要地烦躁，哪怕这个问题有多重要，它也无法阻止我安然入睡。这些说起来容易，做起来难。我好像读过一本有关这方面的书，我不记得了，但是我制订出了一套计策，一旦我该上床睡觉时，我就要缓和紧张的神经并把那些在我脑中盘旋的问题抛诸脑后。我很清楚，如果我做不到这些，第二天早上我就不可能精神抖擞地同我的顾客谈生意。

　　我常设想我的大脑是个写满了信息的黑板，其中大部分的信息都是十万火

急的，我又想象有那么一只手，手里握着一个黑板擦，它很快就把黑板擦得干干净净。我要让自己的大脑完全一片空白。如果一个想法开始出现时，唑！在它还未形成时就把它擦掉，之后我将全身心放松下来，先从脖子开始，之后是肩膀、手臂、躯干、大腿、脚尖。这时我就会悄然睡去。另外我还学会快速完成这个过程。别人都会惊奇地发现我精力充沛地忙碌一整天，我一天要工作 12 至 14 小时，之后要应酬一些重要的顾客直到凌晨两三点，早上一起床就要准备去争取下一个客户，我的秘诀就是尽可能抓住休息的每一刻。据我估计，我每晚睡觉的时间平均为 6 个多小时。很多时候只能睡 4 个小时或还不到 4 个小时，但是我的睡眠质量和我的工作质量都一样高。

雷·克罗克的方式以身体放松先行，然后，精神的松弛逐步进行。与雷·克罗克放松方式相类似，目前比较流行的一种放松技巧是：平躺在地板或床上，或者舒舒服服地坐在一张沙发上，闭上眼睛，深呼吸 10 次，尽量放松身体的各部分，先从脚开始，最后到头部。一旦你感觉到全身松弛下来了，你就开始重复你自己的自我暗示，逐渐使身心彻底放松，直到取得理想的效果为止。

❋ 陈明聪

🌹情绪小语🌹

夜暮降临的时候，躺在床上总是容易想很多的事情。其实，我们应该放下所有的负担，让自己一身轻松地去休息。这样，才能够得到一个精神焕发的自己，才能够有充足的精力去做应该做的事情，比如学习。

（曾芸芸）

我丑，我重塑

一个人的命运与美丑没有多大的关系，即使你有再大的缺陷，只要你不懈地努力，完全可以重塑一个全新的自我。

我是一个丑女孩儿，长得又矮又胖，初到深圳打工，同行的姐妹们都陆陆续续地进了厂，唯有我整天焦急地奔走在那毒辣辣的烈日之下。苛刻的招工条件就像选美似的："青春貌美，身高 1.60 米以上。"自卑的我连去试一试的勇气都没有。就这样，在深圳的大街上探头探脑地张望了几日，我的钱包瘪下去，生存的危机感袭上心头——我不能坐以待毙啊！壮着胆子像上战场一样到几家工厂去应聘。考官们那嘲讽的目光令我落荒而逃。在囊空如洗的时候，我鼓足勇气走向规模很小的"佳华制衣厂"碰碰运气。面对着威严的女老板，我忍不住一肚子辛酸，泪水像断了线的珠子一样往下淌。不知是我那张中专文凭起了作用，还是我的眼泪打动了老板，在一番测试后我成了制衣厂的一名员工。

虽然每月只有那微不足道的 300 元钱，但是我感到非常幸运满足——宽敞明亮的车间总比烈日烘烤下的大街强多了。

每天夜晚回到宿舍，同室的姐妹们便猫在被窝里展开了如何扮靓、追赶潮流的大讨论。这时，我只有把头埋在被窝里一言不发。一个丑女孩儿去谈美,岂不是自我嘲弄?平时姐妹们都不愿答理我,我懂得她们的眼神:与一个丑女孩儿交往那多掉价啊!一天夜里,我实在懊恼,便问邻铺的雯:"假若上帝赐予你美貌和才智,你选择什么?"雯不假思索地回答:"即使当傻瓜,我也要选择美丽。"雯的话仿佛一把锋利的刀子扎在我脆弱的心坎上,令我泪湿枕巾。

雯来自风景秀丽的江南水乡,长得眉清目秀,是我们厂的厂花。她的男朋友就像韭菜一样割了一茬又一茬。每天下了班,雯就开始浓妆艳抹,然后自鸣得意地去上街,沉默寡言的我却只有拼命地干活,没完没了地加班。每月我都能比同室的姐妹们多领几十元的加班费。其实,我并不在乎那每小时两元的加班费,我只想通过自己的勤奋学好技术,以博得姐妹们的认同。长得丑陋的我只有以这种方式来维护心底那可怜的自尊啊!

不久,老板获得雯旷工的消息后震怒了。在一次全厂员工大会上,雯被老板炒了鱿鱼。雯不屑地从财务科结了工资,高高地抬起她那张漂亮的脸从几百双艳羡的目光中从容地走过。听说她在外谋到了一份好工作,早就不想在这儿干了。漂亮就是通行证,拥有美丽的雯还愁找不到工作?

会后老板叫我到她的办公室。我心里一惊,一种不祥的预感笼罩着我。我忐忑不安地来到办公室,老板微笑着叫我坐下,开门见山地对我说:"小吴,几个月来,你的技术有了很大的提高,为我们厂树立了一个好榜样,我提升你当生产小组长怎么样?"我一阵惊喜,终于以自己的努力获得了老板的赏识。面对老板慈爱的目光,我踌躇了一会儿鼓足勇气把一直隐藏在心底的秘密告诉了老板:"老板,能不能让我跟厂里的师傅学搞服装设计?""打工妹想当白领?"老板脱口而出,"服装方面的知识你懂吗？"我没有退缩，而是与老板谈起了服装的款式、绘图、制板整套生产工艺。老板被我一番很内行的谈吐镇住了。她完全没有料到一个其貌不扬的女孩子竟对服装方面的知识了解得这样全面。这完全归功于我就读于服装专业班时扎实的专业知识。在外打工，我一直在寻找能施展自己才能的机会。

　　离开嘈杂的生产车间，跟着厂子里的江师傅学艺，我也付出了代价：工资没有了，每月只领 60 元生活费。老板说没有叫你缴学费就算便宜你了；江师傅对我满眼尽是鄙夷，我常被他大声地喝来斥去，支使得像个陀螺转不停。说白了，江师傅也只是老板的一个高级打工仔，在激烈的竞争中，人与人明显地有一种戒备心理，谁也保不准自己的饭碗不被别人抢去。我理解江师傅的心情，仍然对他毕恭毕敬。当我从工友们那儿打听到他的生日后，又特地为他在酒家订了一桌丰盛的烛光晚餐。平时在生活上，我也以一个女孩子特有的细腻对他关心照顾。时间久了，江师傅感觉到了我这个丑徒弟的真诚和好学，渐渐地改变了对我的态度，把他的看家本领悉数教给了我，还常以恨铁不成钢的口吻训斥我："教上你这样一个笨徒弟把师傅的脸都丢尽了。"我满脸委屈，心底却对他充满了感激之情。

　　江师傅是深圳市颇有名气的服装设计师。跟着江师傅学艺我学到了不少真本事。有空的时候，我潜心研读自己用从牙缝里抠出的钱买的服装方面的书籍。两年后我已经可以自己进行服装策划、设计、制板整个生产工艺的制作。那年初秋，老板为了使本厂的服装能在市场中有绝对的竞争力，叫我和江师傅各自拿出一套设计方案。我憋足了劲，把自己关在小屋子里，竭尽平生所学，经过一个星期的构思、制作，我拿出自己的样品，老板被我新颖的设计吸引住了。

在以后的工作中，我把自己的才华淋漓尽致地挥洒，我的业绩也远远地超过了江师傅。不久我被任命为服装厂的设计师，住进了厂里的干部套房，拿丰厚的薪水，全厂的姐妹终于开始对我另眼相看——我以自己的不懈努力赢得了她们的尊敬。第一次领了高薪，我请同室的姐妹在餐厅共进晚餐，她们众星捧月般频频向我敬酒。席间我意外获得雯不幸的消息：雯被老板辞了以后走马灯似的换了几家工厂，现在在一家夜总会唱歌。

凭姿色吃饭毕竟是靠不住的。回想起自己所走过的坎坎坷坷，我情不自禁地对自己说："一个人的命运与美丑没有多大的关系，即使你有再大的缺陷，只要你不懈地努力，完全可以重塑一个全新的自我。"

❋ 家 玲

🌀情绪小语🌀

拥有美貌固然很好，但如果沉溺于这些外在的东西而无法自拔，我们失去的会更多。我们的梦想和目标往往与美丑无关，用心付出，终有梦想花开的日子。

（曾芸芸）

第**6**辑

为心灵洗个澡

一天,一个将军来到林肯总统那里,

气呼呼地说一位少将侮辱他。

林肯建议他写一封尖刻的信回敬对方。

但是当他准备把措辞激烈的信装进信封时,

林肯却制止了他。林肯说:"凡是生气时写的信,

我都扔进火炉烧掉,因为那是不理智时的结果。

而且写那封信时,已经解了气,达到了目的。"

我们是不是有时候也会因为各种情况而生气、发火呢?

人总是难免有这些负面情绪的,大人们也不例外。

问题是我们要学会以正确的方式去发泄,

用清水为心灵洗个澡,

如此,我们才能让心灵常常保持健康明亮。

别致的宣泄

吴君一缝纫，家里的其他东西就不会遭殃。

人若有痛苦或愤怒，总要宣泄一下，方法多种多样，常见的痛哭控诉、借酒消愁、撒泼骂街、摔打家具等都有害无益，或伤身体或伤别人，倒不如找一些有益无害或无益无害的宣泄方式来排解。

朋友吴君，每当在外面受气或在家与妻吵架后，其他事一概不做，就会坐在缝纫机前，找几根长布条没有目的地胡乱缝纫。这缝纫有声有形，密集的声音在吴君感觉里像子弹密射，而那针脚下吐出的布条，就像在吐出恶气。缝纫时，手脚都不闲着，很恰当地消耗了能量。踏上半小时缝纫机，心也平了，气也顺了。吴君的妻子平时总要准备一些破布条。吴君一缝纫，家里的其他东西就不会遭殃。

又有朋友卞君，他的宣泄方式更加高雅。只要心情抑郁，憋闷难受，便在月黑风高之夜，找个幽深人静的地方，去高声朗读郭沫若的话剧《屈原》里的"雷电颂"。当他以排山倒海之势、雷霆万钧之力，把这雄文朗诵得惊天地鬼神泣之后，便神清气爽，昂首而归。

邻家女孩每每和男朋友生气，也有一特别的宣泄方式，便是撕纸，她认为那声音解气。常常是一张大报纸被她撕成细碎的纸片,她也不乱扔,都放在一纸盒里,甚是奇特。

笔者积几年之经验,认为宣泄心中的不快最好是拆毛衣。大概人在愤怒之时,总有一种破坏欲,哗啦哗啦地拆毛衣真是痛快淋漓。如果没有毛衣拆,狠劲打毛衣,效果也不错,两根竹针上下翻飞,针尖对针尖戳啊戳,气也渐渐消了。

每个人的个性不同,找到的排解方式肯定也各不相同,其中肯定有不少别致之作,大家不妨交流一下,如何?

 刘国学

情绪小语

在漫长的人生道路中,人们除了日常生活中常有的平淡抑或是欢喜,还有一些是需要及时排解的愤怒与痛苦。而这些不良的情绪也许来自内心,也许来自身体的病痛,我们的排解方式有很多种,可选择的也有很多。只要我们不会伤害自己和他人,在过后平静下来不会后悔,那就是一种别致的宣泄。 (张 洋)

宣泄自己的情绪

想要发脾气时，我就会跑上顶楼，等待飞机飞过，然后对着飞机放声大吼。

有个朋友在公司里的人缘很好。他性情很好、待人和善，几乎没人看他生气过。有一次我经过他家，顺道去看看他，却发现他正在顶楼上对着天上飞来的飞机吼叫，我好奇地问他原因。

他说："我住的地方靠近机场，每当飞机起落时都会听到巨大的噪音。后来，当我心情不好或是受了委屈、遇到挫折，想要发脾气时，我就会跑上顶楼，等待飞机飞过，然后对着飞机放声大吼。等飞机飞走了，我的不快、怨气也被飞机一并带走了！"

回家的路上，我不禁想着，怪不得他脾气这么好，原来他知道如何适时宣泄自己的情绪。

一味地压抑心中的不快，并不能解决问题。在生活步调紧凑繁忙的现实社会中，人人都应学习如何舒解自己的精神压力，如此才能活出健康豁达的人生！

一定的压力是必需的，就像船，必须要有些东西去压船，才能航行。

情绪小语

在与你交往亲密的人中，也许你看到的都是他们友善亲切的一面，而你自己同样也会拿出这样一份态度去面对他们。每个人都会把自己的小情绪隐藏起来，在独自一人的时候发泄一下，然后又可以微笑地去迎接新的一天了。

（张 洋）

错误的恐慌

不管遇到什么事情，我们都该做好自己眼前的事，千万别给自己制造无形的恐慌，把自己囚禁在自己所设计的圈子里。

安德鲁·杰克逊，1837年担任美国总统，美国历史上最出色的政客之一，这是关于他的一个小故事。

在他妻子死后，杰克逊对自己的健康状况变得非常担忧，家中已经有好几个人死于瘫痪性中风，杰克逊因此认定他必会死于同样的症状，所以他一直在这种阴影下极度恐慌地生活着。

一天，他正在朋友家与一位年轻的小姐下棋。突然杰克逊的手垂了下来，整个人看上去非常虚弱，脸色发白，呼吸沉重，他的朋友走到他身边。

"最后还是来了，"杰克逊乏力地说，"我得了中风，我的整个右侧瘫痪了。"

　　"你是怎么知道的呢？"朋友问。

　　"因为，"杰克逊答道，"刚才我在右腿上捏了几次，但是一点感觉也没有。"

　　"可是，先生，"和杰克逊下棋的那位姑娘说道，"你刚才捏的是我的腿啊！"

❀ 苏桔青

❀情绪小语❀

　　世上的事物存在着那么多不确定因素，而违背惯性的往往只是一个很微小的差别。很多人会参照先人留下的足迹去想象，去做事情，但偶尔的变化也并不是不存在的。不管遇到什么事情，我们都该做好自己眼前的事，千万别给自己制造无形的恐慌，把自己囚禁在自己所设计的圈子里。

（张　洋）

疼痛是个好消息

在冲刺之后和在颁奖台上，"第三名"看上去比"第二名"更高兴。

　　扮演"超人"的克克斯多弗·里夫，在 1995 年的一次坠马中，伤势严重，导致颈部以下全部瘫痪。三年来，他凭着坚强的意志,与死神做着不懈的抗争。

经过一年的知觉训练,他脊椎末端的神经又恢复了知觉。他说,现在碰它一下,就有疼痛的感觉,但这疼痛感觉很舒服,"请相信我说的全是真的。"

很多时候,疼痛是一种痛苦,但"超人"这次的痛,是生命的一道光亮。人有一种可贵的智慧,便是给每一种现象赋予意义。西班牙和美国心理学家在 1992 年巴塞罗那奥运会田径比赛场上,用摄像机拍摄了 20 名银牌获得者和 15 名铜牌获得者的情绪反应。心理学家们发现,在冲刺之后和在颁奖台上,"第三名"看上去比"第二名"更高兴。

研究人员分析认为:因为铜牌获得者通常不是期望值很高的人,获得铜牌已经很高兴了;而银牌得主往往是冲着金牌而来的,因此就会为没有夺得金牌而感到难过。确实,在领奖后采访获奖运动员时,许多亚军都伤心地说:差一点就成了冠军。而季军获得者也许会说:差一点就名落孙山。

❋ 罗 西

❧ 情绪小语 ❧

人们总喜欢习惯性地思考问题,例如成功就必定是好事情,而失败便成了噩耗。殊不知,世界上有那么多伟大的成功者,他们是经历多少次失败才换来一次举世瞩目的成功。当我们遇到挫折的时候,换一种思维方式,挫折将不再是挫折,而是前进的动力。

(张 洋)

林肯的"马蝇术"

如果现在有一只叫"总统欲"的马蝇正叮着蔡斯先生,那么只要它能使蔡斯和他的财政部不停地跑,我就不想去打落它。

1860年的美国总统大选结束后,林肯当选为总统。他任命参议员萨蒙·蔡斯为财政部长。

有许多人反对这一任命。因为蔡斯虽然能干,但十分狂妄自大,他本想入主白宫,却输给了林肯。他认为自己比林肯要强得多,对林肯也非常不满,并且一如既往地追求总统职位。

林肯对关心他的朋友讲了这样一个故事:"在农村长大的朋友们一定知道什么是马蝇吧。有一次,我和我的兄弟在肯塔基老家的一个农场犁玉米地,我赶马,他扶犁。这匹马很懒,但有一段时间它却在地里跑得飞快,连我这双长腿都差点跟不上。到了地头,我发现有一只很大的马蝇叮在它身上,我随手就把马蝇打落了。我兄弟问我为什么要打落它,我说我不忍心看着这匹马那样被咬。我兄弟说:'哎呀,正是这家伙才使马跑得快的啊。'"

然后,林肯说:"如果现在有一只叫'总统欲'的马蝇正叮着蔡斯先生,那么只要它能使蔡斯和他的财政部不停地跑,我就不想去打落它。"

情绪小语

惰性存在每个人的身体里,当躺在和煦的阳光之下,惬意地听着音乐,看着时光从指尖流淌过去是多么享受的一件事情。所以,惰性也是一种诱惑。但是我们不能够因为懒惰的驱使而浪费我们的青春岁月。我们需要找到自身之外的"动力"来促使自己前进,比如说:一个强劲的对手。

(张 洋)

名人制怒术

达尔文说过:"人要是发脾气就等于在人类进步的阶梯上倒退了一步。愤怒是以愚蠢开始,以后悔告终。"

喜怒哀乐,人之常情,生活在充满矛盾的世界上,谁人不曾遇到过令人气愤发怒的事呢?生活中如何才能制怒呢?不妨学学名人。

一、转移法

在发怒时,借写字、下棋、弹琴、唱歌、赋诗、聊天等其他事达到转移怒气的目的。如韩愈《送高闲人序》中说,张说写字不为练技,仅以此打发无聊,或"不平有动于心,必以草书发之"。再如明代郑宣王《昨非庵日撰》载,李纲性急,但酷嗜弈棋。每逢下棋,性情趋于安详、宽缓。有时遇某事而表现躁怒时,家人悄悄将棋盘摆在他面前,李纲见了便欣然改容,取子布局,怒气遂消。

二、暗示法

就是给自己提出要求,坚信自己有能力控制个人的感情。如禁烟功臣林则徐脾气很大,他为了控制自己的怒气,在中堂挂了写着"制怒"两字的大条幅,以便随时提醒自己。一次,他在处理公务时,盛怒之下把一只茶杯摔得粉碎。当他抬起头,看到自己的座右铭"制怒"二字时,意识到自己的老毛病又犯了,立即谢绝了仆人的代劳,自己动手打扫摔碎的茶杯,表示悔过。再如西门豹性急易怒,总不免得罪人,就在自己的身上佩带了一根牛皮绳。牛皮绳的韧性较大,西门豹借此提醒自己不要性急发怒,让自己放宽缓一些。

三、旁听法

"当局者迷,旁观者清。"发怒时听听周围人的劝告,对清醒自己的头脑是很有好处的。刘备为弟复仇而兴师时有不少人规劝,但刘备不听,最后尝了苦果。一代明君唐太宗也经常失去"冷静"而暴怒,要不是长孙皇后及时相劝,魏征可能已成了他的刀下冤鬼。清朝张英在京城做官,他的家人和乡邻在砌围墙时发生纠纷,非常气愤地向张英告状。张英回信赋诗加以劝导:"千里修书只为墙,让其三尺又何妨? 万里长城今犹在,不见昔日秦始皇。"家人见诗后,围墙让后三尺,于是就有了六尺巷的美谈。

达尔文说过,"人要是发脾气就等于在人类进步的阶梯上倒退了一步。愤怒是以愚蠢开始,以后悔告终。"苏轼也讲了一段话,"匹夫见辱拔剑而起,挺身而斗,此不足为勇也。天下有大勇者,猝然临之而不惊,无故加之而不怒,此其所挟持者甚大,而其志甚远也。"两位名人的话都值得我们思考。

 薛吉辰

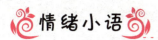

情绪小语

人都会因为各种各样的事情而愤怒。成功者与失败者最大的区别应该就在于如何控制自己的愤怒。事情不会因为一场愤怒而得到解决,相反,得到的结果也许会让事情变得更糟糕。如果要做个智者,首先要做到的就是管理好自己的愤怒。(张 洋)

与疾病较量

因为疾病时刻让他感受到死亡的威胁,这种威胁又时刻让他感觉到时光的宝贵。

有这样一位病恹恹的美国人。

3岁时,他得了严重的猩红热,在医院一躺就是数月。后来靠一剂强心针,勉强摆脱了死神的纠缠。

18岁时,他又染上一种怪病,住进波士顿的一家医院。在写给朋友的信中,身心疲惫的他流露出了绝望:"也许,明天你就得参加我的葬礼了!"

26岁时,他通过隐瞒病史参加了海军。在与日本人的一场海战中,他所在的军舰不幸被击沉,最后他靠身边的一块木板捡回了一条命,但却落下了更严重的后遗症。

30岁时,他去英国出差,突发虚脱昏倒在一家旅馆里。当时,英国最高明的医生断言:他最多只能活一年。

　　37岁时,他身上多种病症并发,长时间卧床不起。

　　……

　　可就是这样一位从小到大百病缠身,快要接近废人的人,却从平民百姓起步,从工人、军人、作家再到议员,在43岁那年,成为美国历史上最年轻的总统,他就是约翰·肯尼迪。

　　很难想象,在公众场合精力充沛,风流倜傥的肯尼迪竟然是个药罐子。而事实的确如此,在他各个发病期的主治医生都见证了这一点,同时,他们也见证了肯尼迪各个发病时期孜孜不倦的勤奋。病床上,他的身边随时堆满了书籍和笔记本。35岁那年,他在病床上创作的描写二战期间的专著《勇敢者》荣获了当年的普利策奖。就是在当了总统之后,有时病得无法办公,他就躺在疗养室的湿水池里阅文件、下指示——因为疾病时刻让他感受到死亡的威胁,这种威胁又时刻让他感觉到时光的宝贵。因此,在有限的生命中,他废寝忘食,快马加鞭,成为美国历史上最有影响力的总统之一,被誉为"与时间赛跑的人"。这不能不说是一个奇迹。

❋ 蒋　平

🌸 情绪小语 🌸

　　很多人生活得很幸福,但却浑然不觉,都认为自己的生活平淡无奇。其实,对于很多人来说,没有遭遇"不幸"就是幸福。所以我们要珍惜身边的日子,即使遇到些许不幸,我们也要坚强,也要与那些"不幸"作斗争,因为我们谁都不愿意做一个失败者,更何况是败给"不幸"。

(张　洋)

发火的习惯

如果发火真成了你的习惯，就能够想发就发。如果发不出来，就证明它不属于你。

一个人向牧师忏悔，认为自己大体上算个好人，但常常发火。

"发火？"牧师问，"这成了你的习惯吗？"

"是的。"忏悔的人回答。

"那么，请你发个火给我看一看。"

这个人很为难地笑了，说发不出来。

牧师说："如果发火真成了你的习惯，就能够想发就发。如果发不出来，就证明它不属于你，不是你的东西，你还留着干吗？"

此人默然而退。

🌀 情绪小语 🌀

世界上真正的坏人很少，但是坏脾气的人却不少。总是有人为自己的坏脾气找借口，认为只是脾气坏而已，没有什么要紧的。可那些坏脾气我们为什么总要保留呢？它会给我们带来什么帮助吗？不会。它会使我们变得讨人喜欢吗？也不会。它会让事情都变得美好吗？更不会了。如果是这样，就丢掉它吧。

（张　洋）

发怒是一种内心的脆弱

我们最大的敌人就是自己，如果一个人有很强的自控力，能够战胜自己，他就是不可战胜的。

小学时邻居中有一个女孩叫元元，她常常喜欢到我家里玩。我们是同班同学，放学后她喜欢到我家写作业。元元的父母经常吵架，她爸爸很凶，有一次我在他们家写作业，她爸爸回来了，无端地发火打元元，吓得我只好逃离了他们家。后来一想起这件事情心里就发抖，我不知道她爸爸为什么总是发火，我真庆幸，我爸妈的脾气都很好，不会随意冲我发脾气。

在我幼小的心中，元元的爸爸是个厉害的家伙，她爸爸一定是威力无比，不然为什么总是发火呢？我想她爸爸在单位一定很神气，他的同事也一定很怕他。后来有一次偶然的机会，元元让我陪她去找她爸爸，我才知道，原来元元爸爸在工厂里守大门。她爸以前是车间小组的组长，后来由于喜欢喝酒，在工作中出现了严重的问题，被撤离了原来的岗位，去看守工厂的大门了。也许她爸爸的火气和工作被撤离去看大门有关，元元那威力无比的爸爸其实并不开心。

我的另一个同学小旋的爸爸是军区的团长，小旋有时候带我和元元去她家写作业，她爸爸见到我们总是笑呵呵的，非常和气，每次都给我们水果吃，还指导我们做作业，全然没有团长的架子。在我心目中,团长是很大的官,可是我从来没有见到小旋的爸爸发过火,他总是对我们微笑,还讲故事给我们听。在我心里,小旋的爸爸远没有元元的爸爸那么可怕。难道一个团长还没有看大门的威风吗?

这个问题困扰了我很久,在我的记忆里留下了深刻的印象。直到我参加工作以后,自己有了一些工作经历,结合大学里的心理学理论,才慢慢地把这个"谜"解开。

当一个人有理智的时候,他是不会发火的。如果一个人发火,就是失去理智而情绪失控的时候,这个时候是他内心最脆弱的时候。是因为无法解决的事情而苦恼,才会脾气暴躁发火。一个人的内心脆弱,有时会以一种暴跳如雷的形式表现出来,发怒并不是威风凛凛,而是一种内心的脆弱。

在竞争的社会,我们常常说要战胜对手,使自己立于不败之地。其实,我们最大的敌人就是自己,如果一个人有很强的自控力,能够战胜自己,他就是不可战胜的。我常对自己说,我要战胜自己,我不能发怒,因为发怒是内心脆弱的表现!

❀ 李剑红

🌀 情绪小语 🌀

　　遇见了难题,百思而不得其解,我们能不窝火吗!如果我们发火撕掉作业本,掰断铅笔,还……真的有人会这样做,但是这样做的后果是难题没有解决,还要重新去做所有的作业。发怒只能够说明自己软弱,证明自己的无能为力。想发火时,先出去跑几圈吧,冷静下来的时候可能就会觉得刚才的想法是多么愚蠢!

(张 洋)

擦去心灵的灰尘

千万不能用蒙着灰尘的心去看人或者事物，就像不能戴着沾有污点的眼镜去看挡风玻璃一样，否则，你不但会判断失误，还会让自己白白生气。

一次，一对夫妇到一个加油站加油。服务员一边给汽车加油，一边为汽车清洗挡风玻璃。清洗完之后，先生看了看挡风玻璃，说："没洗干净，重洗一遍。"

"好的，先生。"服务员回答。第二次清洗挡风玻璃时，他特地靠近前去仔细观察，寻找上次清洗过程中可能漏擦的污斑。但再次清洗完之后，那位先生生气了。"还是脏！"他叫道，"难道你不会擦挡风玻璃吗？再重擦！"

无奈，服务员只得第三次清洗挡风玻璃。这次，他更加仔细地寻找任何一个可能遗漏的污点，但一个也没有找到。

那位先生更加生气了，他看着挡风玻璃尖叫道："还是没有擦干净！我要去告诉你的老板，让他解雇你，你是我所见过的最无用的清洗工！"

说着，那位先生气冲冲地准备下车。他妻子伸手替他摘下眼镜，用一张餐巾纸仔细地将镜片擦了一遍，然后将眼镜戴回他脸上。那位先生再看挡风玻璃时，却是一尘不染，他不好意思地一屁股跌坐在座位上。

评判事物一定要公正、客观，千万不能用蒙着灰尘的心去看人或者事物，就像不能戴着沾有污点的眼镜去看挡风玻璃一样，否则，你不但会判断失误，还会让自己白白生气。

❋ 朱孝萍

情绪小语

很多时候我们看到的事情不一定都是真实的，也许是那件事物披了一层外衣，也许是因为我们夹带着很多情感因素去揣测。但是不管怎样，我们要平心静气地停下来想一想，如果换个立场看问题，事情还会是我们看到的这个样子吗？很多时候，我们要试着经常擦擦自己的"眼镜"，别让它蒙上灰尘。　（张　洋）

不带着怒气作战

刚才你吐的瞬间我动了怒气，这时杀死你，我就再也找不到胜利的感觉了。

欧玛尔是英国历史上唯一留名至今的剑手。他有一个与他势均力敌的对手，他与其斗了三十年还未分胜负。在一次决斗中，对手从马上摔下来，欧玛尔持剑跳到他身上，一秒钟内就可以杀死他。

但对手这时做了一件事——向他脸上吐了一口唾沫。欧玛尔停住了,对对手说:"咱们明天再打。"对手糊涂了。

欧玛尔说:"三十年来我一直在修炼自己,让自己不带一点怒气作战,所以我才能常胜不败。刚才你吐的瞬间我动了怒气,这时杀死你,我就再也找不到胜利的感觉了。所以我们只能明天重新开始。"

第二天,对手不战而降,成了他的学生。

情绪小语

欧玛尔之所以成为英国永垂青史的剑手并不是因为他的剑术是最高超的,而是因为他的胸怀是最宽广的。他在作战的时候都能够消除怒气,我们为什么连平常的生活、学习中都不能够做到平和的心态呢。海水只有在平静的时候才能够"载舟",而在汹涌的时候只能够将船倾覆。所以,我们梦想的船到底能够行使多远,主要是看我们的胸怀有多大。

(张　洋)